野良猫《のらねこ》は愛に溺《おぼ》れる

目次

野良猫《のらねこ》は愛に溺《おぼ》れる

1　野良猫《のらねこ》は夜に囚《とら》われて

「環《たまき》。お前、俺の愛人になれ」


三年ぶりの再会だというのに、かつての飼い主はさらりとそんな不埒《ふらち》な命令を下してきた。

相も変わらず人を振り回す男に、ひどく心を乱される。

――本気か、冗談か……。

真意の読めない男の眼差《まなざ》しに、環は自分が再び恋に落ちたことに気が付いた――


三連休目前の金曜日。どこか浮かれた空気を醸《かも》し出した同僚たちが、定時になると次々と退社していく。そんな中、水森《みずもり》環は押しつけられた大量の領収書と格闘《かくとう》していた。

「一体、いつからため込んでたのよ！　あの課長は!!　さっさと渡してくれてたらこんな面倒なことにならなかったのに!!」

残業の原因になっている上司の姿を思い浮かべながら、環は未処理の領収書の束を睨《にら》みつけて愚《ぐ》痴《ち》を零《こぼ》す。

その上司は「三連休は家族と旅行に行くから、水森さん、これ頼むよ！」と満面の笑みと気軽な一言だけを残して、定時にさっさと帰っていた。

ここ三か月、課長は新規プロジェクトの立ち上げのために、帰宅が連日午前様の忙しさだった。五歳になる愛娘《まなむすめ》に「おじさん誰？」と真顔で言われた衝撃に、真っ青になってしおれていた課長。ようやく仕事が山を抜け、久しぶりに愛娘と出かけられると今日の課長は浮かれていた。その満面の笑みを見てしまえば、環はこの残業を仕方ないと受け入れるしかなかった。

連休前の金曜日だというのに、一緒に過ごす相手もいない気楽な独り身だ。

まあいいかと引き受けたのだが、いつからため込んでいたのかわからない未処理の領収書の山は、かなり厄介な代物《しろもの》だった。

「どうでもいいけど、これ今さら経理に出して通るの？　通らなくても私は知らないぞー」

ブツブツと独り言を零《こぼ》しながらも、環の手は正確に領収書の数字をフォーマットに打ち込んでいく。

最低二か月分はある領収書に頭痛を覚えるが、課長のここしばらくの忙しさも知っている。できるだけ経理に文句を言われないように完璧に処理をしていく。

水森環。鷹藤《たかとう》総合商事という日本でも有数の商社で、営業事務を担当している。ミスをすることもなくなってきて、ようやく仕事が楽しくなってきた社会人三年目の二十五歳。

胸のあたりまで伸ばした髪はゆるふわパーマ。そして人には気が強いと思われがちなくっきりとした猫目が特徴的だ。かつて付き合っていた男には、よく野良猫《のらねこ》にたとえられていた。特別美人でもないけれど、不美人でもない。どこにでもいるごくふつうのＯＬ。それが環だ。

ようやく領収書の山が減り、もう終わると環が一息つこうと思ったとき――その電話はかかってきた。

時刻はもうすぐ八時。同僚たちは残っておらず、営業部の広いフロアには環一人しかいない。

スマートフォンの軽やかな電子音が静かなフロアにやけに大きく響いた気がして、環は慌てて電話を取った。

「はい。水森です」

金曜日のこの時間。電話をかけてくるのは大学時代の悪友の石岡莉乃《いしおかりの》くらいだけど、相手は彼女ではない。見慣れない電話番号に首を傾《かし》げつつ、環は電話に出た。

『環か？』

「……え？」

その艶冶《えんや》な男の声を聞いた瞬間、環は驚きのあまり言葉を失った。

全身の皮膚がざわめく。そんな感覚を覚えて、環は瞼《まぶた》を強く閉じた。

――嘘。どうして……

たった一言の呼びかけで相手がわかるほど耳に馴染《なじ》んだその声は、今現在、イギリスに赴任《ふにん》しているはずの男のもの。もう三年も耳にしていなかった。

一瞬、これは残業に疲れた自分が見ている夢かと思った。だがそんなはずはない。

環の背後から誰かが廊下を歩く靴音が聞こえてきて、これが現実なのだと教えてくれる。

――こんな時間に誰？

連休前の今日、残っている人間なんて環くらいのものだ。警備の人間が巡回にでもきたのか。

そんな全く関係ないことを考えて、環は少しでもこの動揺を抑え込もうと努力する。

でも、それが無意味な行動なのだと知っていた。

異常に速くなった鼓動を鎮《しず》めたくて、環は瞼《まぶた》を強く、強く閉じる。

この男の声を聞いただけでこんなにも動揺する自分が、信じられない。

『環？　どうした？』

何も言葉を発せない環の動揺を面白がるような声が、耳朶《じだ》を打つ。

――この性悪飼い主!!

人の動揺を面白がる男の端整な顔を思い出して、環は心の中で悪態をつく。

通話を終了させたい衝動に襲われながらも、自分がこの電話を切れないことを環は知っていた。

「……陽介《ようすけ》？」

確認するために呼びかけた声は、ほとんど音にならずに喉に絡《から》みついて、掠《かす》れていた。

そんな自分が嫌になる。

「久しぶりだな」

気付けば、先ほどまで聞こえていた靴音がやんでいた。

「こんな時間まで一人残って仕事なんて、誰かのを押しつけられたか？　相変わらずお人よしだな。

うちの野良猫《のらねこ》は」

からかう声はスマートフォン越しではなく、背後からはっきり聞こえてきて――。環は一瞬だけ天井を見上げて、小さく息を吐き出した。

そうして、まだ繋《つな》がったままの通話を切って、後ろを振り返る。

「よう。野良猫《のらねこ》」

まるで離れていた三年間なんてなかったように片手を上げて微笑む男に、環は何だかひどく泣きたくなった。

あの頃よりも深い色を宿す男の瞳と視線が絡《から》んだ瞬間に、三年前に止めたはずの時間が、一瞬で動き出したような気がした。

「誰が、野良猫《のらねこ》よ。いい加減、その呼び方、やめて……」

強がって返した言葉は、震えても掠《かす》れてもいなかった。そのことにホッとする。

「こんなところで何してるのよ？」

何でもない顔で訊《たず》ねるが、心はひどく乱れていた。心臓が破裂しそうだ。

――いつ日本に帰ってきたの？　帰ってくるなんて聞いてない。

聞きたいことも、言いたいこともたくさんある。しかし、たくさんありすぎて、上手く言葉にすることができない。

覚悟もないままに不意打ちのように再会した元飼い主に、環は動揺を隠すのに必死だった。

「久しぶりに会ったっていうのに、随分《ずいぶん》ご挨拶《あいさつ》だな」

「ちょ！　やめてよ！　髪がぐちゃぐちゃになる!!」

何でもない顔で近寄ってきた男――鷹藤《たかとう》陽介が、くしゃりと環の前髪を乱してくる。抗議の声を上げて、環はその大きな手から逃げた。

乱れた前髪に腹を立てながら手櫛《てぐし》で直して、鷹藤を睨《にら》みつける。

毛を逆立てた猫のように怒る環を見下ろした男は、どこか懐かしげに笑った。

男の手のひらの感触に、この再会が夢でも何でもないのだと環は知る。

男の端整な顔に浮かぶ相変わらず読めない笑みと、軽い口調。

付き合っていた当時と何も変わっていない気がした。

――鷹藤陽介。彼はその名字が示す通り、環が勤める鷹藤総合商事の関係者だ。親会社である鷹藤グローバルカンパニーの現社長の息子で、後継者。今はグループの基幹企業の一つである鷹藤建設で働いている。そこで彼は、主に海外の都市開発を手掛けているはずだ。

整った顔ではあるが、爽《さわ》やかさとは無縁な男。なんというか、女好きのする色気のある容貌《ようぼう》とでも言えばいいのか。少し長めの黒髪と浅黒い肌。目鼻立ちのくっきりとした派手な顔立ちは、野性的で男臭い。そして何よりこの男を印象付けるのは、その真っ黒い瞳だ。まるで夜の闇のような静かな深い色を宿していて、目が離せなくなる色気がある。

鷹藤は環の大学時代の先輩で、三歳年上の元恋人――と言っていいのか。どちらかというと、元飼い主。そう表現したほうが、しっくりくる。そんな関係だった。

環は十八のとき、両親を事故で一度に亡くした。そして、唯一の親戚だった叔父夫婦に、両親が残してくれた遺産を食いつぶされた。

無一文の環を、『お前、面白いな』――そんな一言で拾ってくれたのが、鷹藤だ。彼は、大学の学費を含めたすべての面倒を見てくれた。

彼の住んでいたマンションで一緒に暮らした日々。その頃から、時々鷹藤はふざけたように環を『うちの野良猫《のらねこ》』と呼んでいた。

そう呼ばれるたび、自分は彼の恋人にはなりきれないのだと寂しさが募《つの》った。

そんな余計なことまで思い出して、環は鷹藤から視線を逸《そ》らす。

そして鷹藤に気付かれないようにそっと息を吐き出して、乱れた心を立て直した。

「いつ日本に？　帰国はまだ先のはずでしょ？」

何でもないふりで訊《たず》ねるが、速くなった鼓動はなかなか元には戻らない。

――たかが元カレに遭遇したくらいで、自分は何でここまで動揺しているのだろう？

そう思うものの、再会があまりに不意打ちだったせいで、環の心はどうにもかき乱されていた。

三年前の別れなどなかったように鷹藤が環を構ってくるから、自分だけが動揺している気がして落ち着かない。

「ちょっと野暮用《やぼよう》で呼び戻された」

「ふーん。そう。で？　こんなところで何してるわけ？」

野暮用《やぼよう》と言ったときに、一瞬だけ鷹藤が目を眇《すが》めた。その野暮用《やぼよう》とやらが、彼にとってはあまり面白くないものなのだと気付く。

目を眇《すが》めるのは、鷹藤が機嫌がよくないときのサインだ。

自分の機嫌が悪いからといって人に八つあたりをする男ではない。だが、人をからかってストレスを発散するような性格の悪さはあるから、こんな目をするときは要注意だ。

今さら、鷹藤のストレス発散のために振り回されるのは、真っ平ごめんだ。

だから、環はあえて素っ気なくもう一度、何でこんなところに現れたのか鷹藤に問うた。

鷹藤が、にやりと笑う。

その微笑みに、環は背筋がうすら寒くなるのを感じた。

「日本に戻ってくるのも三年ぶりだしな。ちょっと懐かしくなってふらふらしてた。ついでにうちの野良猫《のらねこ》がまだ仕事してるみたいだったから覗きにきた」

鷹藤の言葉に、環の眉間《みけん》に皺《しわ》が寄る。

——どうして、今日残業しているのを、この男が知っているの？　今日の残業は急遽《きゅうきょ》決まったのに。誰だ？　陽介に、私がここにいるなんて言った奴は‼

共通の知人や友人の顔を思い浮かべて、すぐに思い出す。今日、環が残業する原因になった上司は、鷹藤の親戚筋にあたる男で、昔から彼のことを可愛がっていたことを。

情報源は間違いなくその上司だ。

環はもうすぐ処理の終わる領収書の山に視線を投げて、うきうきで帰っていった課長の顔を思い浮かべる。

——せっかく整理したけどこれ、どうしてくれよう。いっそ破棄しちゃう？

なんて真っ黒いことを考えるが、それができないのは自分が一番わかっている。

「そう。御覧の通り私はまだ仕事が残ってるから、顔見て気が済んだなら、さっさと心おきなく久しぶりの日本を堪能《たんのう》してきて？　会えてうれしかったわ」

にっこり笑って一息にそれだけ言うと、環は鷹藤に背を向けて座り直す。

そうして、見せつけるように未処理の領収書に手を伸ばした。

こんな目をしているときの鷹藤には関わらないのが一番だ。環は仕事を理由に、早々に鷹藤を追い出すつもりだった。

「春樹《はるき》の奴は随分《ずいぶん》、未処理の領収書をため込んでたみたいだな。これ、今さら落ちるのか？」

環の思いなど知らぬ様子で、鷹藤が横からパソコンを覗き込む。そして勝手に、環が処理していた書類の中身を確認していった。

「……さぁ？」

環自身もそれは疑問に思っていただけに心配になるが、今考えたところで仕方ない。

あとは課長が自己責任で何とかするだろう。

「ていうか、邪魔!!」

背中に感じるぬくもりに、ようやく落ち着きかけていた鼓動が再び乱れる。

一歩間違うと吐息の触れる距離まで近づいていた端整な顔に、頬が熱くなるのを感じた。

動揺を悟られたくなくて、環は邪険に鷹藤の顔を手で押しやる。

「久しぶりに会ったっていうのに、扱いが邪険だな、野良猫《のらねこ》」

「人の仕事の邪魔するからでしょ？」

環に押しやられた頬を押さえながら身体を起こした鷹藤は、怒る環を眺めて何故かひどく楽し気な笑い声を響かせる。

あの頃と何も変わりない屈託のない笑いに、やはりこの再会に自分だけが心を揺らしているのだと環は実感していた。

そうして、思い出す。昔から鷹藤はこういう男だったと。

飄々《ひょうひょう》としていて掴みどころがない。

日本でも有数の企業グループの跡取りで、生まれながらにすべてを手に入れていたこの男は、およそ執着とは無縁の性格をしている。

金にも地位にも名誉にも執着せず、時に人間関係すらもあっさりと切り捨てるこの男にとって、三年前の二人の別れも、特別わだかまりを残すものではなかったのだろう。

潔《いさぎよ》いのを通り越して、いっそ薄情にも思えるこの男の態度に、環だけがいつも振り回される。

別れを決めた原因は色々とあるが、一番はこの男の読めない本音にあった。

本音が掴み切れずに、いつか自分もあっさりと切り捨てられるのかと不安におびえた日々。好きでいることに疲れ、環はこの男との別れを決めた。

そうして――

『孤児は息子の傍《そば》にはいらないんだよ』

冷酷な眼差《まなざ》しで告げられた言葉。

いまだに環の心の柔らかい部分に刺さって抜けない言葉が、不意によみがえる。

――本当にやめよう。余計なことまでどんどん思い出す。

先ほどから呼び起こされる鷹藤との過去は、ろくでもないことばかりだ。自分一人が過去に拘《こだわ》って動揺しているのが、何だか馬鹿らしくなってきた。

「もう本当に仕事を片付けちゃうから邪魔しないで」

環はパソコンの画面を眺めたまま、本格的に仕事を再開する。気が済んだら鷹藤は勝手に帰るだろう。

「手伝ってやろうか？」

「結構です！　もうすぐ終わるもの」

「ふーん。なら待つ。飲みに行くぞ」

「はぁ？」

環は、思わずパソコンから鷹藤に視線を戻す。

「その量ならあと三十分くらいか？　待ってる」

「いやいや、ちょっと待て。何でそうなるのよ？」

「せっかく久しぶりに会ったんだ。付き合え」

問答無用な命令に、環はため息をつく。

「わかった」

こういう言い方をするときは、もう鷹藤の中でそれは決定事項で、譲らないことを知っている。

逆らうだけ無駄だ。

「最低で、あと三十分よ？　それでもいいの？　時間、大丈夫なの？」

「それくらいなら別に待てるし、今夜の予定は特にない」

「そう。でも、後ろで待たれたら集中できないから、どこかで待ち合わせにして」

「ん。じゃあ、珈琲《コーヒー》でも買ってくる。環も飲むだろう？」

「お願い」

「了解」

軽い返事とともに鷹藤は環の頭にポンと軽く手を置いて、踵《きびす》を返した。

歩き去るその大きな背中を見送って、環は今日何度目かわからないため息をつく。

――今さら、一体どんな顔で一緒に酒を飲めばいいのよ。

そう思うが、あの自由奔放《ほんぽう》な元飼い主は、そんなことは気にもしないだろう。

考えてみれば、どうせ鷹藤は、野暮用《やぼよう》とやらが終われば赴任地《ふにんち》のイギリスに戻るのだ。

今晩一晩やり過ごせば、また数年会うことはなくなるはず。

そう自分に言い聞かせる。そうして環は、仕事を終わらせるために猛烈ない勢いでキーボードを叩いて、残っていた領収書の整理を開始した。

このときの環はまだ知らなかった。

三年ぶりの再会が、この先の環の人生に大きな波乱をもたらすことを――

環がなんとか処理を終えて最終チェックをしていると、「環、珈琲《コーヒー》」という声がした。そして会社の近所にある珈琲《コーヒー》ショップの紙コップが、作業の邪魔にならない位置に置かれる。

「ありがとう。これ確認したら終わりだからもう少し待って」

鷹藤を振り返ることもなく、書類に目を落としながら環がそう言うと「わかった」と答えが返る。

鷹藤は、環の傍《そば》の椅子に座って、珈琲《コーヒー》を飲みだした。それを横目に、環は仕事を進める。

少し作業をした後、一息つきたくて環も珈琲《コーヒー》に手を伸ばす。

カップに口をつけると、少し猫舌気味の環が丁度《ちょうど》よく飲める熱さになっていた。

口の中に広がるキャラメルマキアートの味に癒《い》やされる。

空腹に適度な糖分が補給されて、環は自分がかなり疲れていたことに気付いた。

環が疲れると甘いものをほしがるのを、この男はよく知っている。彼の気遣いに、何故かほのかな痛みと切なさを覚え、環は珈琲《コーヒー》と一緒にそれを飲み込んで立ち上がった。

課長のデスクに、処理した領収書と書類を置く。そして、環の仕事の終わりを大人しく待っていた鷹藤を振り返った。

「お待たせ。終わったよ」

「じゃあ、行くか。何か食べたいものあるか？」

「任せる」

「わかった」

環が自分のデスクに戻り鞄《かばん》を取り出すのを待って、二人は連れ立って外に出た。

☆

環が連れてこられたのは、鷹藤の今夜の宿だというホテルの上階にあるレストランだった。

三連休直前の金曜日の夜。夜景や料理の味が評判で、ネットで今注目のデートスポットになっているレストランだ。いくらディナーには遅い時間であっても、夜景が一際《ひときわ》綺麗に見える個室を押さえられるなんて、本当にこの男と自分は住む世界が違う。

実家の影響力だけでも計り知れないというのに、この男は、自分の力だけで人が羨《うらや》むものすべてを手に入れている。学生時代から、小遣い稼ぎと称して株式投資やベンチャー企業の立ち上げなど様々なことを行い、財を成したのだ。何かに夢中になるとすさまじい熱意を注ぐ一方で、あっさりそこから手を引いたりもする。何ものにも一切の執着を見せないのだから、本当に掴みどころのない男だと環は思う。

この執着のなさが育ちのよさなのかもしれないが、やはり環には理解できそうになかった。

食事中は互いの近況や共通の友人たちのことなど他愛ない話だけで、穏やかに時間は過ぎていった。

機嫌が悪いのかと思っていたが、鷹藤は特に環をからかって遊ぶことはなかった。だから環は、久しぶりの鷹藤との時間を純粋に楽しむことができた。

うまい料理に酒と夜景。二人の間に流れるのはひどく穏やかな時間で、気付けば再会から感じていた緊張も困惑も消えていた。

だから、油断していたのだ。

この元飼い主が、優しいだけの男のわけがなかったのに――

食事が終わり、レストランから最上階にあるバーラウンジに移ったときだった。

そこの壁は全面ガラス張りで、客たちが純粋に酒と夜景を楽しめるように設計されていた。ぽつりぽつりと灯《とも》された間接照明が席を淡く照らし、まるで自分たちが宙に浮いているような不思議な心地になる。

窓際に案内され、二人並んで夜景の見える席に着く。

鷹藤はギムレット、環はブルームーンを頼む。

カクテルが届けられるまでの間、環は目の前の夜景に見惚《みと》れていた。高層ビル群が生み出す星屑《ほしくず》は天上の星よりもなお輝いて、人々の視線を奪う。

――瞬《またた》く煌《きら》めきの一つ一つに、人々の営《いとな》みや人生がある、なんて思うのは、ロマンチックが過ぎる？

環は、パソコン画面と向き合い続けて疲れた目を癒《い》やすように、遠くに目を向けた。

視線を上げると、空は綺麗な藍色。昇る月は神々しいまでに白く、地上の星屑《ほしくず》の海を従えていた。

感嘆のため息が、思わず零《こぼ》れる。

「綺麗ね」

「そうだな。気に入ったか？」

「うん」

穏やかに問われて素直に頷けば、鷹藤がどこか不思議なものを見るような目で、環を見下ろしてきた。

「何？」

その眼差《まなざ》しの意味がわからずに、環は首を傾《かし》げる。

「いや、滅多におねだりもしなければ、プレゼントもあまり喜ばなかったのに、こういうのは喜ぶんだなと思って。夜景一つでご機嫌になれるって、やっぱりお前は変わってるよ、野良猫《のらねこ》」

鷹藤の言葉に環は顔を顰《しか》めそうになる。それを堪《こら》えながら、鷹藤から視線をそっと逸《そ》らした。

そして、まるで言い訳のように呟く。

「別に喜んでなかったわけじゃないわ。プレゼントは嬉しかったわよ？」

「そうか？」

「そうよ」

「ふーん」

何かを言いたげな眼差《まなざ》しを見せながらも、鷹藤はそれ以上突っ込んでくることはなかった。

それをいいことに環は目の前の夜景を眺める振りをして、昔を思い出す。

好きな男からのプレゼントが嬉しくなかったわけがない。あの当時贈られたものは、今でも大事に使っている。ただ、意味もなく高価なものをプレゼントされるのは苦手だった。

鷹藤が贈ってくるものにはときに高価なブランドものもあって、そういうものをもらうたびに環は、自分たちの住む世界の違いを感じていた。今思えば、随分《ずいぶん》卑屈になっていたものだ。

でも、あの頃の環は高価な贈り物よりも、鷹藤と一緒に過ごせればそれだけでいいと思っていた。そんな純情で健気《けなげ》な頃が、環にもあった。

「お待たせしました」

会話が途切れた丁度《ちょうど》いいタイミングでウェイターから声がかかり、カクテルが置かれた。環の視線は夜景から、グラスの中の透明感のある青に引き寄せられる。

「久しぶりの再会に」

鷹藤がカクテルグラスを持ち上げたのに合わせて、環もグラスを持ち上げる。

グラスに口をつけると、フルーティーな甘さが広がった。

喉を滑り落ちていくアルコールがゆっくりと身体を巡り、軽い酩酊感《めいていかん》を覚える。

環はもともとアルコールには強くない。食事中にワインを飲んでいたこともあり、この数口のカクテルで酔いがまわり始めていた。

だから、その言葉を鷹藤に告げられたとき、環は一瞬それが夢なのかと思った。

グラスを置いたカツンという音に引き寄せられるように、隣の鷹藤に視線を向けた。

「環。お前、俺の愛人になれ」

三年ぶりの再会だというのに、不意打ちでそんな不埒《ふらち》な言葉が飛び出してきて、環は呆気にとられる。

――この男、一体、何を言い出した。

束の間の沈黙が、二人の間に落ちる。

「……はぁ？」

言葉の意味が頭に沁《し》みると同時に自分の唇から漏れた声は、我ながらひどく間抜けだと思った。

きっと今浮かべている表情もそうだろう。

何かを聞き間違えたのかと思って鷹藤の顔を眺めるが、男は涼しい顔で再びグラスを手に取り、傾けている。

ホテルの最上階にあるバーラウンジ。目の前に広がるのは光が煌《きら》めく夜景だ。

ふつうの女性だったら夢を見たくなるようなロケーションだが、それらすべてをぶち壊した元飼い主の言葉に、環はどう反応していいのかわからなかった。

男の真意を測りかねて、思わず無駄に端整なその顔を眺める。

――本気なのか……冗談なのか……

この男の場合、どちらの可能性もあることが厄介だった。

だが、いくら眺めてみたところで、鷹藤が何を考えているのか環にはわからない。

人生の行動基準が『面白いか』『面白くないか』。

その二択で生きているような男の考えることなんて、長く一緒に過ごした環でさえ推し量れない。

いや、長く過ごしたからこそ、環にはこの元飼い主のことがわからなくなっていた。

鷹藤が、環に向き合う。

絡《から》む視線に、心の奥がざわつく。

もうとうの昔に忘れたはずの恋心が疼《うず》いた気がした。

「愛人に、なれ、って言った」

環の困惑を見透《みす》かしたのか、鷹藤が、今度は一音一音、区切るように告げてきた。

「愛人……」

鷹藤の言葉を無意識になぞる。

言葉は理解できるが、意味がわからない。

ただただ呆気に取られて、環は男の顔を眺める。

だがそこで、こちらを眺める男の切れ長の目に宿る輝きに気付いて、環はひっそりとため息をついた。この状況を面白がるような眼差しに、すべてを悟る。

これは命令なのだ。そして環には拒否権はない。

環は無言のまま鷹藤から視線を外して、目の前に広がる美しい夜景を再び眺める。

しかし、美しいはずの夜景も、今の環の中に渦《うず》巻く感情を宥《なだ》めてはくれなかった。

答えを待つ男の視線を横顔に感じたが、環は何も答えずに、目の前のカクテルグラスの縁を指先でつま弾く。

よく冷えたグラスはリィーンと涼やかな音を立てて、二人の間に落ちる沈黙を揺らす。

今、言葉にできない感情を、環は持て余していた。

単純な怒りだけではない何かがそこに混じっている気がして、環自身も自分が今、どんな感情に支配されているのかわからない。

三年ぶりの再会にただでさえ動揺しているというのに、そこにぶち込まれたさらなる爆弾に頭痛を覚える。

でも、こんなことを環に命じるくらいには何か事情があるのだろう、とも思う。

伊達《だて》に付き合いは長くない。

この男が何を考えているのかさっぱりわからないと思うのに、こんなときばかりは裏に隠された何かに気付いてしまう自分にうんざりする。

どうせ、自分は断らない。この男の言葉を拒《こば》めない。

この男は、それすらもわかっていて、環に命じたのだ。

そう思えば腹も立つ。

『お前、面白いな』の一言で、環を人生最大のどん底から救い上げてくれた元飼い主。その彼の言葉を拒《こば》めるほどに、環は恩知らずではない。

何も気付かない野良猫《のらねこ》でいられればよかった。

ちらりと横目で鷹藤に視線をやれば、気付いた元飼い主は艶《あで》やかな笑みを浮かべて環を見つめ返してくる。

答えを促《うなが》してくる男の眼差《まなざ》しに、環は苦く笑う。

アイジン――愛する人と書いてそう読む言葉は、ひどく不穏だ。

この元飼い主が発しただけに、その言葉は余計に不安を煽《あお》る。だけど、環は答えていた。

「――愛人って、何すればいいの?」

目の前の男が、満足げに、けれどひどく凶悪な顔で笑った。

自分は何かとんでもない間違いを犯したのではないか――。そう思ったが、放ってしまった言葉は取り返せない。

「愛人って言うのは、いわゆるセックスの相手だな。この場合は俺の」

「ふざけんな」

何もかもすべてをぶち壊すような説明をした男を、環は一言のもとに切って捨てる。

――何が、俺のセックスの相手だ。女に不自由なんてしてないくせに。

この男はそういう意味で、今さら環を必要としていないはずだ。

揺れ動いていた環の心が、不意に静かになる。

「俺は環のそういうところ好きだよ」

にやりと笑ってそう言う鷹藤を、環は胡乱《うろん》な眼差《まなざ》しで睨《にら》みつけた。

「嬉しくない。で？　一体、何がどうすれば愛人なんて必要になるのよ？　まだ結婚もしてないくせに」

「そうだな。まぁ、ちょっと厄介なことになっている」

「どっかの誰かに結婚でも迫られてるわけ？」

「よくわかったな」

感心したようにこちらを見る男に、わからないわけがあるかと思う。

女好きのする容姿に、大企業の跡取り息子という肩書き。こんな魅力的な条件を揃えている男が、独身なのだ。強引に結婚を迫る女がいてもおかしくない。そもそも、昔からその手のトラブルにつきまとわれている男だった。

本人はその要領のよさをいかんなく発揮して、地雷になりそうな女からは上手に逃げていたはずだが。今回は一体何があったんだか。

「わざわざ私に愛人になれなんて言うあたりで、なんかあったと思うのがふつうじゃない？」

今さら復縁を求められるほど、鷹藤が環に執着しているなんてうぬぼれはもっていない。だから、何かの面倒ごとに巻き込まれて、愛人なんてものを必要としていると考えたほうが合理的だし、筋が通る。

「つまらないな」

「……え？」

真面目に話を聞いているつもりでいた環は、返ってきた言葉の意味がわからず、眉間《みけん》に皺《しわ》を寄せた。

不意に鷹藤の大きな手が伸びてきて、環の頬に触れた。環の顔の輪郭《りんかく》を確かめるような鷹藤の指先に、首筋がざわつく。

熱情に繋《つな》がる感覚に思わず眉を顰《ひそ》めれば、思わせぶりな眼差《まなざ》しで鷹藤が見つめ返してくる。

だが、身体の反応とは裏腹に、環の心は冷めていた。

本気を孕《はら》まない男の他愛ないいたずらに、心は乱れない。

「昔の野良猫《のらねこ》ならもっと動揺してくれただろうに、そう冷静に分析されるとつまらないな」

「こっちは真面目な話だと思ってたんだけど？　そういう可愛げがほしいなら他をあたって」

甘い仕草で触れてくる男のどうしようもなさに、覚えるのは冷たい怒りだけなのだとこの男はわかっているのか？

いや、きっとわかっている。わかっていて、環を弄《もてあそ》んでいる。

人の感情をかき乱す手から逃れるようにぷいっと顔を背けると、鷹藤はあっさりと環から離れていく。

人をからかって遊ぶこの男のこういう態度には、腹立たしさを覚える。

だけど、この男の態度一つにいまだに翻弄《ほんろう》される自分には、もっと腹が立つ。

環は怒りとともに、残っていたグラスの中身を一気に飲み干した。

トンッと軽い音を立てて、乱暴な仕草でグラスを置く。

「人をからかって遊ぶだけなら、今すぐ帰る。何も手伝わないし、協力もしない」

無表情でそう告げて、環は席を立とうと荷物に手を伸ばす。

「悪かった」

しかし、環が席を立つ前に、鷹藤にしては珍しく素直に謝ってきた。その言葉に、環は席を立つのをやめる。

いつもよりも真面目な顔をする男を、既に許す気になっていることに環は気付いた。そんな自分の甘さに愛想を尽かす。でも、鷹藤には言葉にできないほどの恩があるのだ。

それはこれから先も簡単に返せないほど大きなものだった。

ふざけた態度には腹が立つが、この男が何かトラブルに巻き込まれていて環が力になれるというのなら、いくらでも手を貸す。

――だというのにこの男は!!

矛先《ほこさき》を失った怒りを呑み込んで、環は姿勢を正して座りなおすと鷹藤のほうを再び見やった。

「何で愛人が必要なのかちゃんとはじめから説明して。それで、私が力になれるなら協力でも何でもしてあげる。でも、ふざけるなら今すぐに帰る」

「わかった」

こちらに向き合う鷹藤の表情からは、先ほどまでの人をからかう様子は消えていた。

どうやら今度こそ、まともに話す気になったらしい。

視線だけで促《うなが》せば、鷹藤は夜景に目を向けた。

「今回帰国したのは、親父に呼び出されたからだ」

それだけで、何となく鷹藤が置かれた状況が透《す》けて見える気がした。

「そう」

軽く返事をしながらも、環はかつて一度だけ話したことのある鷹藤の父親を思い出す。

冷酷な面差《おもざ》しに蔑《さげす》む瞳で環を睨《にら》みつけ、環を『孤児』と切り捨てた男。その冷たさは、そうそう忘れることなどできない。

支配欲と権力志向が強い企業家である父親と、何物にも縛られたくないと思っている息子。彼らは、昔からそりが合わずに対立していた。

「親父から見合いを命じられた。親父が選びに選んだ末の良家のお嬢様だ。向こうもこの縁談には乗り気なせいで、正面から断るのはかなり難しい」

父親が選びに選んだ、と言ったときの鷹藤の表情はひどく皮肉気で、この話を本当に嫌がっていることが伝わってくる。

「ふーん。それで愛人をでっち上げて、不誠実な男を演じるわけ？」

「あぁ」

「それ、ふつうに恋人を作るとかじゃダメなの？」

もっともな疑問をぶつけてみる。縁談を壊すだけであれば、愛人なんかじゃなく、ふつうに恋人を作ればいい話だ。

鷹藤が微笑めば、片手では足りないほどの数の女が簡単に落ちるだろうに。わざわざ環に愛人役を頼む意味がわからない。

「下手な女に恋人役をさせて、勘違いされても困る。後々の面倒は避けたい」

「あぁ、そう。そうねーオモテになりますもんねー」

環は思わず、無表情な棒読みで言葉を返した。

端整な顔立ちに、表面的には温和で優しい紳士の態度。その艶冶《えんや》な微笑みに勘違いしたり、惑わされたりしないのは、環を含めて数名の女友達しかいない。

その中で、愛人に仕立てるとしたら環ほど最適な人間もいないだろう。

今環はフリーだし、おあつらえ向きなことに、鷹藤が所有するマンションに暮らしている。管理人として住んでいるだけだが、傍《はた》から見たら愛人と思われても不思議ではない立ち位置にいるのだ。

「お父様が選んだお嬢様なら、きっと本当に良家の子女で大和撫子《やまとなでしこ》でしょう？　いっそ馬鹿なお芝居なんてしないで、結婚すればいいんじゃないの？　イイ年なんだし、鷹藤グループの後継者様がいまだに独身っていうのも問題あると思うけど？」

「それこそ何の冗談だ？　親父に世話をしてもらわなくても、俺は自分の結婚相手くらい自分で見つける。箱入りで育てられたらしい名家の令嬢と付き合うつもりもなければ、結婚する気もない」

「会ってみれば、素敵な人かもしれないじゃない。そこまで否定することないと思うけど？」

「もう会った。会ったうえで、言っている。確かに美人で、今や絶滅危惧種になってる大和撫子《やまとなでしこ》かもしれない。だとしても、彼女と結婚するつもりはない。ただの大和撫子《やまとなでしこ》じゃあ、俺の結婚相手としては面白くないからな。だが、向こうがその気で、親父もその気だ。簡単に断れる状況じゃなくなっている。ただの恋人がいるレベルじゃ、もうどうにもならない」

「あ、そう」

鷹藤の言葉に、環の心が揺れる。

『ただの大和撫子《やまとなでしこ》じゃあ、俺の結婚相手としては面白くない』

——だったら、一体どんな女だったらいいというのだろう？

何物にも執着しないこの男が結婚すること自体想像がつかないが、でも、いつかは会社や家のために、どこかのお嬢様と結婚するのだろうと思っている。

今回のお相手は気に入らなくても、この先、第二、第三の見合いをして、その中の誰かといずれは結婚するはずだ。

カクテルを飲み干していたことを、ほんの少し後悔する。

胃の奥からせり上がってきた切なさと苦い感情を誤魔化す道具がほしかった。

「すみません！」

話の途中だったが、環は通りかかったウェイターにラスティネイルを注文した。

珍しく強い酒を頼む環に、鷹藤がおやっという顔をする。だが環は構うことなく、鷹藤に次の酒をどうするか確認した。

「じゃあ、マルガリータで」

去っていくウェイターの後ろ姿を眺めて、環は自分の感情が凪《な》ぐまでの時間を稼ぐ。

「状況はわかった。で、愛人がいるってことになれば、向こうは素直に諦めてくれるわけ？」

「プライドが高い一族のお嬢様だ。結婚前から愛人がいる男なんて、認めるとは思えない」

「ふーん、そ。それで私は何をすればいいの？　イギリスと日本。離れて暮らしてるうえに、この三年まともに連絡すら取っていなかった私がいきなり愛人だって言っても、向こうは納得しないんじゃない？　名家のお嬢様が相手なら、もう身上調査くらいされてるんでしょ？」

「多分な。だけど都合のいいことに、お前は今も俺のマンションのあの部屋に住んでるから、いくらでも誤魔化せる」

「そんなもん？」

「そこは俺が何とかする。ということで環」

「何？」

「明日から、俺はマンションに戻る。暫《しばら》く一緒に暮らすぞ」

「はぁ？」

再びの不意打ち宣言に、環は眩暈《めまい》を覚える。

「親父の命令で、三か月ほど日本で仕事することになった。その間ホテル暮らしをしてもいいんだが、せっかくの機会だ。お前との仲を見せつけるのに丁度《ちょうど》いい」

愛人がいるということを見せつけるのであれば、一緒に住むのは合理的なのだろう。しかし、それを今このときに言うのはどうなのだ。

最初から環が断らないのをわかっていて、この男は計画を立てたのだ。

「……わかった。もともと陽介の部屋なんだから、好きにすれば？」

束の間絶句したあと、環は諦めとともに鷹藤の宣言を受け入れる。

連絡もなしに突然マンションに帰ってこられるよりはましだ。

今、環が住んでいるのは、もともとは鷹藤が学生時代に株でもうけた金で買ったマンションだ。別れと同時に部屋を出るつもりでいたが、イギリス赴任《ふにん》直前だった鷹藤が、このまま管理人としてマンションに住むように言ってきたのだ。

『環が別れたいって言うなら仕方ない。だが、俺はこれからイギリスに赴任《ふにん》するし、誰かに貸すにしても、信用できない人間は嫌だ。今から探す時間もないから、お前がここに管理人として住んでくれ』

そうして半ば強引に、鷹藤は環を部屋に住まわせたままイギリスへ赴任《ふにん》していった。

だから、鷹藤が帰ってくるというのなら、環は受け入れるしかない。

「環ならそう言ってくれると思っていたよ」

「よく言うわよ」

呆れを隠さないため息をついて環は隣の男を見るが、何が楽しいのか、鷹藤はにやりと笑っていた。

――この性悪!!

環が断れないと踏んでこんな話を振ってくるあたり、鷹藤の性格の悪さがわかる。

しかし、そんな鷹藤を環は受け入れてしまうのだ。

自分がどうしようもなくこの男に甘い自覚はある。

話がついたところで、二杯目のカクテルが届けられた。

無言のまま、環はオールドグラスに注がれたさび色の酒を揺らす。

ラスティネイル――錆《さ》びた釘という意味をもつこのカクテルは、環にとって鷹藤の存在そのものだ。

いつまでも心の柔らかい部分に刺さって抜けない釘。口あたりは甘いのに、アルコール度数の高いこの酒は、環には少し刺激が強すぎる。そんなところまで鷹藤と同じだ。

束の間の沈黙が二人の間に落ちた。

「……ところで、愛人の振りをするのはいいけど、私のこの先の生活の保障はあるわけ?」

「ん?」

「愛人役のせいで、お宅のお父様に睨《にら》まれて職を失うのは、さすがに勘弁してほしいわ」

ただでさえ、環は鷹藤の父親によく思われていない。

鷹藤の傍《そば》にいることがばれれば、今度は職を失うことになりかねない。

仕事で直接顔を合わせることはないとはいえ、環は鷹藤の父親に関連する企業に勤めているのだ。

鷹藤の父親がその気になれば、末端の社員の首なんてあっさりと飛ぶ。

閑職《かんしょく》や僻地《へきち》に飛ばされるくらいなら受け入れる覚悟はあるが、さすがに失職は勘弁してほしい。

だが――、ふと、これもいい機会なのかもしれないと思い直した。

別れてから三年。鷹藤とは一切連絡を取り合うこともなく、会うこともなかった。だけど環は、鷹藤の所有するマンションで暮らし、鷹藤が残してくれた人脈の中で生きてきた。

別れてからもずっと、鷹藤のテリトリーの中で生活してきた自覚が環にはあった。

『別れたからって、いきなり消えるなよ？　いくら野良猫《のらねこ》でも、俺のせいで今まで築いてきたものを切り捨てる必要はない。おあつらえ向きに俺はこれからイギリスに行くんだから、お前はお前で、自分が築いたものを大事にしろよ』

その言葉を残して、鷹藤はあっさりイギリスに去っていった。そうして環は、ずっとその言葉に甘えている。

実は鷹藤のイギリス行きが決まったとき、環はついてくるように言われていた。

だけど何もかもこの男に寄りかかる自分が嫌で、環は『自立したい』と彼に別れを告げたのだ。

そうして得た環の自立だったが、結局、鷹藤が残していってくれたものたちに助けられた、中途半端なものでしかないのが現実だ。

もし鷹藤の父親に睨《にら》まれるのであれば、いっそ今度こそ何もかも振り切って外に飛び出してしまえばいい。

どうせ、元は天涯孤独の野良猫《のらねこ》だ。どこでも生きていける。

両親を亡くして呆然としていた頃とは違い、今の環は生きていく術《すべ》をちゃんともっている。自分一人くらい生活することはできるはずだ。

しかし、環の思考は鷹藤にあっさりさえぎられた。

「それについては心配しなくてもいい。私情で優秀な社員を首にするような真似《まね》はさせないから、安心しろ」

「ん。わかった」

普段は人をからかって遊ぶようなどうしようもない性格をしているが、こういう約束は絶対に守る男だ。だから、環は短く頷くだけに留める。

でも、別に、鷹藤がこの約束を守れなくてもいいと思っていた。

鷹藤の不利になるようなことがあれば、いつでも姿を消すだけのこと。

大げさかもしれないが、それくらいの覚悟がなければ鷹藤の父親を敵に回すことなんてできない。

環はゆっくりと酒を呷《あお》る。むせそうになるほどの強いアルコールが喉を滑り落ち、胃がカッとなった。

先ほどとは比べものにならない酩酊感《めいていかん》に押されるように、環は小さな覚悟を決める。

三か月後――自分は、家も職も失っているかもしれない。

でも、鷹藤が家賃を受け取ってくれなかったせいで、この三年間で貯金もそこそこできた。

暫《しばら》くは生活に困ることもないだろう。

くらりと目がまわり、環は瞼《まぶた》を閉じる。今日は飲み過ぎたと思う。

でも、酒の力でも借りなければやってられないのだから仕方ない。

トラブルに巻き込まれて、鷹藤が環を頼ってくれたのは嬉しい。

鷹藤にもらった返しきれないほどの恩を、少しでも返せる機会をもらえたことをありがたいと思っている。

でも、何故か今、環はもう一度、この男に失恋したような理不尽な気分を味わっていた。

とっくの昔に別れたはずなのに、それすらもなかったことのように接してくる男。彼にとって、環の存在はその程度なのだと思い知らされた気分だ。

――あと何度。あと何度、私はこんな気持ちを味わうのだろう？

酔った頭でそんな馬鹿なことを考える。

――飲み過ぎた。今日はもう帰ろう。

環は、アルコールに火照《ほて》った吐息をひっそりと吐き出して、瞼《まぶた》を開く。

まるで夜の闇そのものの深い色を宿した男の眼差《まなざ》しが、環を見下ろしていた。

――さっさと結婚しちゃえ！　バーカ。

言葉にできない想いを視線に乗せて、環はひっそりと笑う。

「環？」

呼びかけと同時に指が伸びてくる。頬に再び、鷹藤の手が触れた。

酔いのせいで理性がもろくなっているのか、環はその手のひらに頬を押しつける。

――どうも今日の自分は、悲劇のヒロインになりきっているらしい。

鷹藤との再会が、それだけ環の心を揺らしたということなのかもしれない。

だが、少し冷静になったのか、急に自分の浸《ひた》りきった感情がアホらしくなってきた。

――この男相手に悲劇のヒロインごっこをしたところで仕方ない。時間の無駄だ。

頬に触れる男の手のひらは、アルコールに火照《ほて》った肌には冷たく感じる。まるで、二人の心の温度差のようだ。だが、その冷たさが気持ちいい。

――早く離れて、さっさと帰ろう。そして、陽介の部屋の掃除をして、ベッドのシーツを掛けて。やることはたくさんあるんだから。

帰ってからしなければならないことを頭に思い描いて、自分の心に蓋《ふた》をする。

しかし、酔いがまわった身体がいうことを聞かない。

「環？」

「何？」

「誘ってる？」

鷹藤のふざけた言葉に、少し酔いが醒《さ》めた気がする。

「寝言は寝てから言って」

強気な態度で言ったのに、言葉とは裏腹に、環の頬はいまだ男の手のひらに預けたままになっている。

誘っているつもりなんてない。

でも、果たして本当にそうだろうか？

絡《から》んだ視線の先。眇《すが》められた男の目に映る自分はまるで見知らぬ女のようで――。ひどく潤《うる》んだ瞳で、目の前の男を見つめ返している。

こんな顔の女は知らない。

環は瞼《まぶた》を伏せて、そんな自分から視線を逸《そ》らす。

そうして、自嘲《じちょう》とともに思う。

――こんなつたない誘惑で落ちてくれるほど単純な男だったら、話はもっと簡単だったはず。

感傷的な想いに囚《とら》われそうになって、環はふっと小さく息をついた。

――何、馬鹿なことを考えてるんだか。今日の自分は本当に酔っているらしい。

「酔ったから帰る。悪いんだけどタクシー呼んでくれる？」

何とか気力だけでそう言って、鞄《かばん》を引き寄せる振りで不自然にならないように鷹藤の手のひらからそっと顔を外した。

「帰るのか？」

「帰る。さすがに疲れたし酔った。明日は二日酔いかもね」

何にもなかったような顔をして、環は鞄《かばん》から財布を取り出そうとした。だが、「野良猫《のらねこ》に金を出してもらうほど落ちぶれてない」と断られる。

「あ、そうですか。さすがお金持ち。ごちそうさま」

軽い口調を心がけて、環は席から立ち上がった。だが、酔いは思っていた以上にまわっていたらしい。立った瞬間に、足元がふらついた。

「おっと」

一緒に立ち上がっていた鷹藤が、さりげない動作で、ふらついた環の腰を支えてくれた。

「大丈夫か？　本当に酔っているみたいだな」

広い男の胸に受け止められながら耳元に落とされた囁《ささや》きに、鼓動が再び跳ね上がる。

「ごめん、ありがとう」

いい年をして、自分の酒量も把握できていないことに情けなくなる。

鷹藤にはこれ以上情けないところなんて、欠片《かけら》も見せたくない。

環は一度瞼《まぶた》を閉じて、深くゆっくりと呼吸した。そして、瞼《まぶた》を開く。

まだ少し眩暈《めまい》は残っているが、慎重に歩けば無様《ぶざま》に転ぶこともないだろう。

「もう大丈夫。離してくれる？」

大丈夫だという合図を込めて、環は腰に回された鷹藤の手を軽く叩いて、身を離そうとした。

しかし、逆に引き寄せられる。

「よ、陽介？」

先ほどよりも増した密着度に、声が上擦《うわず》った。

「まだふらついているんだから、無理しないで掴まってろ。ついでに、ちょっと俺の部屋で休んでいけ」

「そこまでしてくれなくても大丈夫よ」

「いいから言うことを聞け。そんな顔でふらふらされるとこっちがたまらない」

何だかひどく怒ったような声で言われて、環は首を傾《かし》げる。

――一体何をそんなに不機嫌になっているの？

珍しく感情を露《あら》わにする男の態度に疑問をもつが、酔いのまわる頭ではそれ以上考えられなかった。

正直、動くのも億劫《おっくう》なほどだったから、鷹藤の申し出はありがたい。

半ば引きずられるように、環は鷹藤が泊まっているスイートルームに連れていかれた。

部屋に入ると同時に手首を強く引っ張られ、バランスを崩しそうになる。

「陽介!?」

酔いにとろりと緩《ゆる》んでいた意識が覚醒《かくせい》し、掴まれた手首が疼《うず》く。

普段意識することもない血脈が確かにそこにあることを、環は感じた。

次の瞬間、ふらつく腰を抱き寄せられ、思わずのけ反《ぞ》る。その視線の先、吐息の触れる距離に、鷹藤の真っ黒い瞳が迫る。

気付けば、環は鷹藤の腕の中に囚《とら》われていた。

「な、何を……」

状況が理解できずに問う環は、ひどく混乱していた。

まるで夜の闇さながらの深くて黒い瞳に見下ろされて、呼吸が止まりそうになる。

射竦《いすく》めるような強い眼差《まなざ》しに、絡《から》んだ視線が離れない。

「冗談……やめ……て……」

自分でも情けなくなるくらいに、震えて掠《かす》れた声が零《こぼ》れた。

もがくような弱い動きで鷹藤の腕から逃れようとするが、酔った身体は思う通りには動かない。

逆に、ますます鷹藤に引き寄せられた。

何故こんなことをするのか理解できずに、環はゆるゆると首を振る。

「お前ね、環。いくら何でも警戒心がなさすぎるだろ」

「は、な……して」

唇に鷹藤の吐息が触れて、環の戦慄《わなな》きはひどくなる。

「まぁ、俺に警戒心をもたないのはいいことだけど」

目を眇《すが》めて、何故か不機嫌な様子を見せる男が冷たく嗤《わら》う。

背中から首筋をすっと撫で上げてきた大きな手のひらが、環の髪を鷲掴《わしづか》みにした。

「……っ！　陽介……」

髪をまとめていたかんざしが強引に引き抜かれて、乱れた髪が肩先に落ちる。

カツンと軽い音が聞こえた。

お気に入りのかんざしの行方《ゆくえ》を追って視線を彷徨《さまよ》わせた環が気に入らないというように、鷹藤が指に髪を絡《から》ませて引っ張る。

その痛みに、環は顔を顰《しか》めた。

上向きに顔を固定され、抗《あらが》う間もなく乱暴な所作で唇を奪われる。

「……んっ！　んん!!」

重ねられた唇から逃げようと首を振れば、環を拘束する腕はさらに強くなった。深くなった抱擁《ほうよう》に、目が眩《くら》む。

唇に滑り込んできた舌が、我が物顔で環の口の中を蹂躙《じゅうりん》する。

背筋を駆け上がってきた疼《うず》きに堪《こら》え切れなくて思わず首を反《そ》らすと、唇がより深く重なった。

濡れた舌が柔らかく淫猥《いんわい》な動きで、環の口腔《こうこう》内を舐めあげる。

「ん……やぁ……！」

吐息ごと奪われるような口づけに、息苦しさを覚える。零《こぼ》れた声は、ひどく甘い女の声をしていた。

せめてもの抵抗に男の肩を叩くが、それは頼りなく、力ないものだった。

ねっとりとした口づけに、身体の奥にアルコールの火照《ほて》りとは別の熱が灯《とも》される。

そうして、環は思い知る。

自分が、この男の肌にひどく飢《う》えていることに――

久しぶりに触れ合った肌はあまりに環の身体に馴染《なじ》んでいて、今、離れてしまえば引き離される痛みにおかしくなってしまう気がした。

心がどうしようもなく軋《きし》んで、悲鳴を上げる。

こんな痛みを環に与えるのは鷹藤だ。けれど、この痛みから解放してくれるのも鷹藤しかいない。その矛盾《むじゅん》に、環の混乱はますますひどくなる。

鷹藤の口づけに翻弄《ほんろう》されて、身体から力が抜けていく。崩れ落ちていきそうな身体が怖くて、環は鷹藤の背に腕を回して縋《すが》った。

大きな手のひらが環の背中から腰にかけて這《は》いまわり、柔らかなラインを描く尻を鷲掴《わしづか》む。いつも飄々《ひょうひょう》として掴みどころがない男は、こんなときばかりはその印象を裏切り、執拗《しつよう》に環の身体を蕩《とろ》かせる。

長く続いた口づけが解《と》かれた。

離れていく唇を追うように、環は閉じていた瞼《まぶた》を開いた。

見上げた男の瞳に、環は自分と同じ飢《う》えを見つけ、何だか不思議な気持ちになる。

濡れた唇を、鷹藤の指が拭《ぬぐ》う。薄い皮膚の上を辿られて、震える吐息が零《こぼ》れた。

抑えきれない情動に、環は唇を辿る鷹藤の親指を口に咥《くわ》える。

驚きに鷹藤の目が一瞬だけ見開かれるが、すぐに険しい表情にとって代わった。

「少しは自覚しろ」

何を？　とは問わなかった。問うたところで、鷹藤は答えないことを環は知っている。代わりに、最後の悪あがきで呟く。

「……愛人の振りはするって言ったけど!!　こんなことまでするなんて聞いてない」

「俺は最初に言ったはずだが？」

からかう素振りで覗き込んでくる男の眼差《まなざ》しはひどく獰猛《どうもう》で、環は早々に白旗をあげたくなった。

さらりと笑っているように見せて、環を抱く男の腕は抵抗を許さない力で、彼女をとらえている。

『環。お前、俺の愛人になれ』

確かに愛人になれとは言っていた。愛人についても、セックスの相手だと堂々とろくでもない説明をしてくれていた。

「最低男」

湧き上がる苦い感情のまま吐き捨て、環は男の眼差《まなざ》しから逃れるように顔を背ける。

「褒め言葉だ」

環の罵《のの》りが応《こた》えた様子はない。むしろ笑って、環の首筋を甘噛みする男のろくでもなさが腹立たしい。

だが、何よりも腹立たしいのは、この状況に流されそうになっている自分だ。

今こんな風に抱き合っている事実があっても、鷹藤が環を求めているとはどうしても思えない。

だというのに、環はこの男の肌を求める衝動を抑えられなかった。

この男に対するどうしようもない飢《う》えが環の理性を彼方《かなた》へと吹き飛ばす。

「きゃぁあ！」

不意に視界がまわった。鷹藤の腕に抱え上げられている。

成人女性一人を抱えているとは思えないほどしっかりとした足取りで、男は歩き出す。

揺れる視界が怖くて、環は無言で鷹藤の首に腕を回した。満足げに、鷹藤が笑う。

その微笑みに、環は肉食獣の前に差し出されたような恐怖を覚えた。

もう逃げることもできない。

せっかくの東京の夜景を堪能《たんのう》する暇もなく、環は広いスイートルームを鷹藤に抱きかかえられたまま横断した。

「環、ドア開けて」

命じられるまま、そのドアを開ける。

そこは寝室で、男は環をどさりと広いベッドの上に投げ出した。そして彼女の身体を組み敷くと、のけ反《ぞ》った首筋に本格的に噛みついた。

「痛っ……！」

鋭い痛みに、鷹藤の背を強く叩く。唇が離れた。

首筋に与えられた痛みで滲《にじ》んだ涙を、覆いかぶさってきた男が拭《ぬぐ》う。だがその指先は、どこまでも優しくなかった。

目元から下りてきた男の手でスーツの上着を脱がされて、環は我に返る。慌てて、その不埒《ふらち》な指を捕まえた。

「ちょっと！　待って！」

「何だ？」

「何だじゃない!!　せめて、シャワーぐらい浴びさせて！」

仕事終わりにここにきたのだ。汗もかいていれば、ほかに色々気になることもある。

この状況は受け入れるにしても、このままはさすがに勘弁してほしい。

しかし、そんな繊細な女心はこの男には通じなかった。

「俺は気にしない」

そういう問題じゃない、と上げかけた声は、鷹藤の唇の中に吸い込まれ霧散《むさん》した。

すぐに絡《から》んできた舌が、環の理性を本格的にダメにする。

「環」

名前を呼ばれた。甘く優しい声で――

今さらそんな声で呼ばれたところで、懐柔《かいじゅう》なんてされてやらないと思う。

この男が誰よりも優しくなくて、身勝手なのだと環は知っている。

だけど、この声に名前を呼ばれるたび、錯覚したくなる。

こんな風に甘く蕩《とろ》けるような声で名前を呼ばれる女は自分一人なのだと。

そんなふうに思わせる男が憎らしく、環は男の唇を自分の唇で塞いだ。

「ん……っあ」

しかし、奪ったはずの口づけは、あっさりとその主導権を取られた。

絡《から》めた舌を引きずり出され、きつく吸われる。歯列を辿り、裏顎《あご》をくすぐられた。ぞくぞくとした悦楽《えつらく》が、背筋を駆け上がってくる。

酸素を求めた唇がキスを解《と》こうとしたが、手で顔を固定された。

鷹藤に自分の名を呼ばせるのをやめさせたかっただけなのに、執拗《しつよう》なまでの口づけが与えられる。口内にどちらのものともわからない唾液が溜まり、呑み込み切れずに溢《あふ》れて顎《あご》を伝う。

「……ん……や……あ……」

キスをする間も、鷹藤の指が環の身体の上を這《は》いまわる。

スカートからシャツが引き出され、そのボタンを次々と外される。

シャツの前が開かれ、火照《ほて》った身体が空気に触れた。

肩からシャツを脱がされ、裾《すそ》から手のひらが忍び込んでくる。キャミソールがまくり上げられ、ブラジャーに包まれた環の乳房が鷹藤の目の前に晒《さら》された。

男の吐息が鎖骨に触れ、環は目を閉じる。

次の瞬間、再び覚えた痛みに、環は奥歯を噛んで悲鳴を堪《こら》えた。

仕事終わりの汗をかいたままの肌に吸いつかれ、いくつもの赤い花びらを散らされる。

三年ぶりに触れた男の指先に、環の心と身体はひどく乱された。

――触れたかった。もう一度、抱いてほしかった。

何故この飢餓《きが》に気付かないままでいられたのか。自分でもいっそ不思議なほど、環は今この瞬間の鷹藤がほしくてたまらない。

背中に回された手がすっと背骨を辿るように這《は》い上がり、ブラジャーのホックが外された。

そして、キャミソールとブラジャーを剥《は》ぎ取られる。

外気に触れた胸の頂《いただき》が、硬く立ち上がるのを感じた。

女の衣服を戸惑いもためらいもなく脱がす、相変わらずの男の手管《てくだ》。そこから透《す》けて見える場数の多さに、もう嫉妬《しっと》する気力もない。

それよりも気になるのは、肌の上を滑るネクタイの感触だった。

自分は上半身裸の間抜けな姿を晒《さら》しているのに、覆いかぶさる男は、いまだスーツの上着を脱いだだけで、ほとんど乱れていない。

それがひどく腹立たしい。

環は力の入らない指で、目の前のネクタイを掴んで引き寄せる。

「おっと！」

不意を突かれた鷹藤がバランスを崩したのに乗じて、環は体あたりで体勢を入れ替えた。

「よいっしょ」

年寄臭い掛け声を出して、鷹藤の腹の上に跨《また》がる。

「どうした急に？」

面白がるように環にされるがままになっていた鷹藤が、にやりと笑う。

「流されるのは好きじゃないのよ」

既にこの事態が流された結果だとわかっていながら、自分でもひどく矛盾《むじゅん》していると思う反論を口にした。

乱れた髪が落ちかかってきて、鬱陶《うっとう》しさに髪をかき上げる。

そうして見下ろした自分の身体を、ひどくみっともないと環は思った。

ホックを外されたスカートは、中途半端に腰に纏《まと》わりついている。鷹藤の上に跨《また が》っているために、スカートの裾《すそ》はめくれ上がり、太ももが露《あら》わになっていた。ガーターベルトで留めたストッキングが丸見えだ。しかし、上半身は素っ裸。あちらこちらに、鷹藤がつけた痕《あと》が散らばっている。

環は、自《みず》らスカートを脱いで蹴り飛ばした。

その潔《いさぎよ》さに、鷹藤がふざけた様子で口笛を吹く。

「絶景だな」

「うるさい」

環はガーターベルトの留め具に指を伸ばして、ストッキングを脱ごうとした。しかし、下から這《は》い上がってきた手に阻まれる。

「陽介？」

「せっかくの絶景なので、このままで。相変わらず好きだね、ガーターベルト」

「色々と楽なのよ。何か文句ある？」

「いいや？　文句なんてないよ。むしろ歓迎してる」

男が情欲に濡れた眼差《まなざ》しで、自分に跨《また が》る環を見上げる。そして、その太ももに手を這《は》わせた。

そんな瞳で環を見つめるくせに、男は息すらも乱れていない。その余裕の表情が癪《しゃく》に障る。

ストッキングの上を滑る男の指先を、感情のままに振り払った。

「環？」

「本当に、ムカツク」

独り言のように呟いて、環は鷹藤を睨《にら》みつける。そうして、ネクタイを掴んで持ち上げた。

鷹藤が一瞬だけ苦しげに眉を寄せたのに溜飲《りゅういん》を下げ、環はその唇を奪った。

しかし、触れるだけですぐに離す。

キスを続けてしまえば、主導権がこの男に奪われるとわかっていたから。

「やるならやるで本気を見せなさいよ。手抜きしてんじゃないわよ」

「手抜きねぇ？　何をもって手抜きだなんて言ってんだ、うちの野良猫《のらねこ》は。十分本気のつもりだけど？」

「どこがよ。服も脱がないで余裕ぶってる男の言葉なんて信じない」

反論を許さない強さでそう言うと、環は掴んでいた鷹藤のネクタイを解《ほど》いた。ついでに鷹藤のYシャツのボタンを次々と外していく。

鷹藤は面白がっているのを隠さない表情で、環にされるがまま大人しくしている。

はだけたシャツの間から覗く、男の肌に触れた。そして、鎖骨から臍《へそ》にかけての滑《なめ》らかなラインに指先を滑らせる。

「くっ……」

鷹藤の肌の熱が上がった気がした。

心臓の真上に触れたとき、手のひらにとても速い男の鼓動を感じた。

力強く刻まれるリズムが、鷹藤の本当の状態を教えてくれる。

「ったく、誰が本気じゃないって？」

もっと鼓動を確かめたいと手のひらを強く押しつければ、それまで大人しくしていた鷹藤が苦笑して起き上がった。

「きゃっ」

再び身体が入れ替えられ、環はベッドに押し倒される。

「お前は本当に何もわかってない。いい加減、その綺麗な猫目をちゃんと開けて、俺を見ろよ」

「陽介？」

ひどく目を眇《すが》めた鷹藤に見下ろされ、環の背筋を冷たいものが滑り落ちていく。

「ちゃんと見れば、俺ほどわかりやすい男もいないぞ？」

——どこが!!

「野良猫《のらねこ》に最低と罵《ののし》られても、ほしいものが俺にはあるんだ。それが何かちゃんと気付け」

——気付けって何を？　ほしいものって何？

何にも執着しない男だと思っていただけに、その言葉はひどく意外だった。

だが環がその意味を考えるよりも早く、鷹藤の手が環の乳房を掬《すく》い上げるように掴んだ。そして、胸の頂《いただき》を捻《ひね》られる。

「やあぁ！」

いきなり与えられた苦痛と官能に、思考がまとまらない。

そのまま口に含まれ、じっくりと弄《もてあそ》ばれる。ぴんと立ち上がった乳首を舌で押しつぶされ、吸いつかれる。たまらなく身体が疼《うず》いた。

腹を滑り下りた指が、クロッチを大胆に脇に寄せて秘所に触れる。

環のそこはキスと胸への愛撫《あいぶ》で、既にぬるついていた。

潤《うるお》いを見せはじめた秘所に、鷹藤の指が触れる。びくりと身体が跳ねた。

蜜を指に纏《まと》わせるようにして、鷹藤が環の秘所の表面を探る。

「……ぁん……ぁ……あ……」

指がゆっくりと差し込まれた。

久しぶりに味わう感覚に、環の眉間《みけん》に皺《しわ》が寄る。

縋《すが》りつくものを欲して、環はシーツをきつく掴んだ。

「随分《ずいぶん》、狭くなってるな」

デリカシーのない言葉に、環の顔が朱《しゅ》に染まる。鷹藤の顔を見ていられなくて、環は瞼《まぶた》を強く閉じた。

鷹藤がこめかみに口づけを落とす。

その甘い仕草に、何故かひどく恥ずかしさを覚えた。

聞かれて、環は無言で首を横に振る。

「痛いか？」

この三年——誰にも、自分でも滅多に触れることがなかったせいで、差し込まれた鷹藤の指に、秘所は軋《きし》んでいた。知らず身体に力が込もり、全身が緊張する。

だが、それは痛みを伴っているからではなかった。鷹藤に触れられるたびに昂《たかぶ》っていく身体の感覚にこそ、環は戸惑っていた。

環を宥《なだ》めるように、鷹藤が環の唇に、額《ひたい》に、口づける。

触れるだけのキスが何度も繰り返された。

そのもどかしいような、ただただ甘さを感じさせるキスに、徐々に環の身体から力が抜けていく。

どろりと胎《はら》の奥が蕩《とろ》けて、蜜を零《こぼ》した。それを確かめた鷹藤が、秘所に差し入れていた指を再びゆっくり動かし始める。

「くっ……んん……あ……」

ゆるゆると内部を擦《す》られて、声が溢《あふ》れて止まらなくなる。

どこまでも甘ったるい声は、まるで自分のものとは思えない。羞恥《しゅうち》から声を堪《こら》えたいのに、身体を潤《うるお》す指の動きに、唇を閉じることもできない。

長い指で秘所の奥をくすぐられ、たまらない疼《うず》きに襲われる。

とろり、とろりと溢《あふ》れた蜜が、環の太ももを流れ、ガーターベルトを濡らす。

「環、腰上げて」

下着を脱がせようとする男の言葉に、素直に腰を上げる。

足から下着が抜かれて、ベッドの下に落とされた。ガーターベルトとストッキングだけの姿にされて、どうしようもない恥ずかしさを感じる。

しかしそんな環の様子など男は気にせず、再び秘所に指を潜《もぐ》り込ませ、好き勝手に動かした。

環の身体を誰よりもよく知っている男が、襞《ひだ》の中で指を折り曲げ、一番感じる場所を引っかいた。

「あぁぁ！　やぁ……!!」

その一点を執拗《しつよう》なまでに攻められて、目の前にちかちかと星が飛ぶ。

襞《ひだ》に覚える生々しい快楽に、爪先《つまさき》まで疼《うず》きが駆け抜けていく。

絶頂がすぐ傍《そば》まできていた。シーツを蹴る足の指がきゅっと丸まって、身体が跳ね上がる。

いつの間にか増やされた指が、秘所の中でバラバラに動いて、環の弱いところを攻めたてる。

「あ、だ……め……やぁ……イ……クッ!!」

同時に、親指の腹で今まで触れもしなかった花芽を潰された。環は甘い悲鳴を上げ、一気に絶頂に押し上げられる。

視界が真っ白に染まった。

次の瞬間、身体が脱力し、環は酸素を求めて肩を喘《あえ》がせる。

瞼《まぶた》を閉じて絶頂の余韻に揺蕩《たゆた》う環の耳に、かちゃかちゃという金属音と衣擦《きぬず》れの音が聞こえてきた。

ようやく呼吸が整って瞼《まぶた》を開いた環の視界に、避妊具を口の端で切って開ける男の姿が入った。

思わず視線を逸《そ》らす。

一体いつの間にそんなものを用意したのだとか色々突っ込みたかったが、聞いたところでろくな答えは返ってこない気がした。

「環」

視線を戻すと、避妊具を装着した男に足を大きく広げられた。

キスが降ってくる。環が無言で瞼《まぶた》を閉じると、秘所に熱塊《ねっかい》が押しあてられた。力が入らない腕を持ち上げて、環は鷹藤の背に腕を回す。密着した硬い身体と汗の匂いに、自分を抱く男を実感する。

蜜を纏《まと》わせるように、ぬるぬると熱塊《ねっかい》が秘所に擦《す》り付けられた。

先ほどまで執拗《しつよう》に解《ほぐ》され広げられていたその場所が、押しあてられる昂《たかぶ》りに、期待するかのようにひくひくと蠢《うごめ》いた。

それを鷹藤も感じているのかと思うと、この場から逃げ出したくなる。

しかし、足を抱えられているので、それも叶わない。

緊張に身体を強張《こわば》らせる環の下腹部を、鷹藤がそっと撫でた。

今からここに入る——そんな宣言に思えて、環は思わず笑ってしまう。

程よく力が抜けた瞬間を見逃さなかったのか、まろみを帯びた先端部が押し込まれた。

「あっ、ああ、あぁぁ」

凄まじい質量のものが、身体の最奥まで一気に貫いていく。身体の奥が軋《きし》んで、痛みを覚えた。

だがそれ以上に、圧迫され、押し開かれていく快楽に、環は腰を震わせた。

「う……ふぁ……」

短い呼吸を繰り返して、環は鷹藤の身体を最後まで受け入れる。

鷹藤が環の身体を抱きしめた。隙間もないほどに密着し、環は自分が鷹藤のすべてを受け入れたことを知った。

何を考えているのかわからないこの男と、すべて繋《つな》がっている――

いつもこの瞬間だけは、そんな想いに囚《とら》われる。

耳朶《じだ》に、熱を孕《はら》んだ男の吐息を感じた。環は無言で、鷹藤の背に腕を回して縋《すが》りつく。

それが合図だったかのように、ゆっくりと鷹藤が動き出した。

身体を揺すられて、奥を突かれ、爛《ただ》れた渦《うず》の底に叩き込まれる。

強烈な快楽に、環はうわごとのように「ダメ」「もうダメ」と繰り返していた。

そう言いながらも、何がダメなのか自分でもよくわかってない。

「やぁぁ!!」

目の前にちかちかとした白い火花が散り始めたとき、不意に身体を引き起こされて、鷹藤の足の上に座る体勢になった。

さっきまでとは違う角度で、身体の奥の一番感じる部分を突かれる。

襞《ひだ》が蠕動《ぜんどう》し、鷹藤に絡《から》みつく。

自分の体重のせいで、胎《はら》の奥の奥まで鷹藤を受け入れているような感覚を覚えて、環は息が上手く吸えなくなった。

鷹藤の首に腕を回して、肩に鼻先を押しつける。

背中を鷹藤の手のひらが撫で下ろし、耳朶《じだ》を食《は》まれた。

「はぁ……ぁ……ん」

くすぐったい刺激に、身体の奥が淫《みだ》らに蠢《うごめ》き、男を締めつけるのを感じる。快楽を逃す術《すべ》がわからず、環はぎゅっと身体全体で鷹藤に抱きついた。

下からの突き上げが始まる。

硬い男の胸板に押しつけた乳房が、柔らかく形を変える。

身体を揺らされるたび、胸の頂《いただき》が男の胸板で擦《す》れた。そんなささやかな接触すらも、快楽に変わる。

掴んだ男の肩に爪を食い込ませる。上下に揺さぶられて、視界が激しく揺らいだ。

こんな風に乱暴に突き上げられれば痛みを覚えそうなものなのに、環の身体はどこまでも柔らかく鷹藤を受け入れて、すべてを快楽に変えていた。

「ダ……メ、そこ……頭……おかし……くな……る!!」

舌を噛みそうな激しさで、胎《はら》の奥を何度も何度も繰り返し叩かれた。這《は》い上がってくる快楽に、環は恐怖すら覚える。

「もっと、おかしくなれよ」

耳朶《じだ》に、甘く歪《ゆが》んだ男の囁《ささや》きが落とされた。

朦朧《もうろう》としたまま開いた瞼《まぶた》に映るのは、悪辣《あくらつ》な顔をした男の、ひどく満足げな微笑みだった。

——いや!!

そう思うのに、環の身体は鷹藤の言葉に従うように、乱れて、甘く蕩《とろ》ける。

この男の肌に飢《う》えていた環の身体は、貪欲《どんよく》に鷹藤に絡《から》みつき、すべてを欲していた。

「いやぁ！」

深く淫《みだ》らに腰を合わせて、二人は絶頂に上り詰めていく。

息が苦しくて、眩暈《めまい》がひどい。

明滅する視界に、意識がぼんやりとし始めた。

揺さぶられるまま環は甘い悲鳴を上げ続け、そして、快楽を追う獣《けもの》になる。

「はぁ、あぁ、いっ……‼　あ……う……ん」

一際《ひときわ》強く奥を叩かれた瞬間に、環は絶頂を迎えた。身体全体が強張《こわば》り、膣が激しくうねって蠕動《ぜんどう》する。

襞《ひだ》がねっとりと鷹藤に絡《から》みつき、すべてを搾り取ろうとするように蠢《うごめ》いているのが自分でもわかった。

「……っう」

環の絶頂に引きずられるように、次の瞬間、鷹藤も果てる。

薄い被膜越しに吐き出されるものを感じながら、環はぐったりした身体を鷹藤に預けた。座った姿勢のまま、二人で熱を感じ合う。

どちらのものともわからない荒い呼吸と速い鼓動の音が、寝室を満たす。

繋がったままじっとしていると、徐々に身体の興奮が冷めていく。

同時に、あれほど覚えていた飢《う》えが解消されて、環は自分の心がひどく満たされていることに気付いた。

よく頑張ったというように、鷹藤が環の髪を梳《す》いた。

今までの悪辣《あくらつ》な指とは違うその優しい手つきに、環は瞼《まぶた》を閉じる。

座って抱き合っている不自然な姿勢だというのに、とろりとした眠気が忍び寄ってきた。

「野良猫《のらねこ》」

まどろむ環に、鷹藤が呼びかける。

激しく求められるのも決して嫌いじゃないが、むしろ、こういった甘ったるい触れ合いのほうに、環の心は掴まれる。

この時間だけは、この見えない男の心もすぐ傍《そば》にある気がした。

「ん……？」

鷹藤の肩にぺたりと頬を預け、目を閉じたまま環は返事をする。

「好きだよ」

さらりと囁《ささや》かれた軽い言葉に、甘く揺蕩《たゆた》っていた環は、自分の意識が醒《さ》めていくのを感じた。

「本当に、最低男」

――だけど、この男の腕の中はひどく居心地がいいのはどうしてだろう？

どうしようもない矛盾《むじゅん》に、環は深々とため息をつく。

吐息と一緒に逃がした想いを、この男が理解することはきっとない。

「本当にうちの野良猫《のらねこ》は、昔から俺に対してだけは心を開かないよな。他の人間の言葉はホイホイ信じるくせに」

苦笑した男が、環の髪を指先に絡《から》めて弄《もてあそ》ぶ。どこか拗《す》ねたように響く鷹藤の声に、環は瞼《まぶた》を開く。

吐息の触れる距離に、目を眇《すが》める男がいた。

「ふつうは飼い主にこそ懐《なつ》くもんじゃないのか？」

口元を歪《ゆが》めてぼやく男に、環の心は揺れる。

「……ちゃんと懐《なつ》いてるじゃない」

政略結婚を阻止するための愛人契約を受け入れる程度には、この飼い主が大事だ。

「どこが？」

あっさりと否定されて、環は言葉に詰まる。

――まさか知ってる？　いや、そんなことはないはず。

過去、環が彼の父親と対面した事実を、鷹藤が知っているはずはない。

あれは親友以外誰も知らない秘密だ。

そっと視線を逸《そ》らす。流れ落ちてきた髪が、環の無防備な表情を鷹藤から隠してくれる。

髪を伸ばしていてよかったと思った。

今、自分がどんな顔をしているのか環にはわからない。

わからないが、きっとひどい顔をしているだろう。

鷹藤は何も言わずに、環の縺《もつ》れた髪を解《ほど》くように何度も梳《す》く。

触れ合った肌のぬくもりに、環は再び瞼《まぶた》を閉じた。

「本当にうちの野良猫《のらねこ》は頑固だよな」

何も言い返さない環に鷹藤が大きくため息をついて、仕方なさそうにそう言った。

その言葉の奥に潜《ひそ》む何かがあるような気がして、閉じた瞼《まぶた》の奥が熱くなる。

――でも、何も言わない。そう決めた。

別れを決めたのは環だ。

この元飼い主に捨てられるのが怖くて、そうなる前に自分からさっさと逃げ出した。

環は上に座り込んだまま、ギュッと男の肩にしがみつく。

脳裏《のうり》に浮かぶ光景は、大学三年も終わりかけていた頃のもの――

☆

「水森環様でしょうか？」

その日、環は大学の帰りに、一人の紳士に呼び止められた。

「はい？」

道端で不意に見知らぬ男性に声をかけられ、環はひどく驚いた。

まるで物語の中に出てくる執事《しつじ》のような雰囲気を漂《ただよ》わせていたその男性に、環は不信感を募《つの》らせる。しかしそんな環に、男性は丁寧《ていねい》に頭を下げて、自分の素性を告げる。

「突然、申し訳ありません。私、鷹藤宗助《そうすけ》さまにお仕えする吉田《よしだ》と申します。わが主《あるじ》があなた様にお話があると申しております。ご同道をお願いできますか？」

吉田が告げた名前は、鷹藤の父親のものだ。鷹藤と一緒に暮らし始めてすでに数年が経っている。

彼と父親との間に確執があることを、環はなんとなく知っていた。

そんな相手からの不意打ちの呼び出しに、環は戸惑いを覚えた。

偽者と疑うには、吉田と名乗る人物は、身なりがきっちりとしすぎている。ただの小娘である環に対しても、とても礼儀正しかった。

動けずにいる環に、吉田は少し先の路地を指した。

「あちらの車で、鷹藤が待っております」

そこには誰もが知っているエンブレムをつけた、高級外車が停まっていた。

環がそちらを見たことに気付いたのか、後部座席のウィンドウが下げられる。

遠目に、後部座席に座る人物を確認した。写真でしか見たことはないが、そこにいたのは確かに鷹藤の父親だった。

環は、吉田に促《うなが》されるままに車に乗った。広い後部座席の真横に座る人は、環がともに暮らす男と血の繋《つな》がりを感じさせる顔立ちをしていた。

だが、浮かべる表情は正反対だ。冷たく、近寄りがたい。

自分の隣に乗り込んできた息子の恋人を、彼は最初から値踏みするような眼差《まなざ》しで見ていた。環の心が委縮《いしゅく》する。

鷹藤の父親に自分の存在が歓迎されていないことは、すぐにわかった。

「初めまして。水森環です」

告げた挨拶《あいさつ》に返ってきたのは、無言の一瞥《いちべつ》だけだった。

初めて会う、恋人の父親から向けられる眼差《まなざ》しは、どこまでも冷たかった。

車内を重い沈黙が支配する。

話があると言ったわりに、鷹藤の父親は一言も発しなかった。

どれくらい沈黙が続いただろう。

環がその眼差《まなざ》しにも沈黙にも耐えきれなくなった頃に、ようやく鷹藤の父親が言った。

「君はいくらほしいんだ?」

「え……?」

鷹藤の父親が発した言葉の意味が、最初はわからなかった。

「君の正体はわかっている。話が進まないから猫を被らなくてもいい。それでいくら払えば、陽介のもとからいなくなってくれるのかね?」

はっきりと言われて、やっと意味を理解した。衝撃に身体が震える。

「そ、そんな、私はそんなつもりで陽介さんと一緒にいるんじゃない!」

「何が違うっていうのかね? 両親を亡くした君は、陽介にすり寄って、生活費や学費、全部面倒を見させている。君の境遇には同情するが、それを餌《えさ》に陽介を手玉に取るのは許せないね。こちらとしてもこれ以上は見逃せない。ある程度の金は払うと言ってるんだ。今のうちに大人しく去るほうが君のためだ。そういう計算は得意だろう?」

環の人格を何もかも否定するような鷹藤の父親に、ショックで何一つ言い返せない。

「孤児なんて、息子の傍《そば》にはいらないんだよ」

冷笑とともに放たれたその言葉は、環の心を切り裂いた。

そんな環の膝の上に、ポンと何かが投げ出される。

「好きな金額を書けばいい。そして、さっさと陽介のもとからいなくなってくれ」

それが小切手だと気付いたのは、随分《ずいぶん》時間が経ってからだった。いつ、どうやって車を降りたのかも覚えてない。

ただ、まるで昼ドラの世界みたいだなと、ぼんやりと考えたことだけは、記憶に残っている。

気付けば、環は鷹藤の父親が車を停めた場所に、小切手を握ったまま立ち尽くしていた。


あの日、環は鷹藤の父親に何一つ言い返すことができなかった。

一瞬の対面が、環の心に楔《くさび》を打ち込んだのだ。

他人から見れば自分たちの関係がひどく歪《いびつ》であることを突きつけられて、環は自分のずるさと弱さを実感せずにはいられなかった。

『金のことが気になるなら、出世払いでいいから。今、無理に返そうとしなくてもいい』

そんな鷹藤の言葉に甘えていた。

生活のすべて――大学の学費すら鷹藤に払ってもらっていることに罪悪感を覚えて、大学の講義以外の時間を全部バイトにあてていくつかの仕事を掛け持ちしていた時期がある。

だが、『身体を壊したら元も子もない』と鷹藤に一喝され、バイトは途中から一つだけに絞ることになった。

少ないバイト代の中からせめてもと思って生活費を渡せば、『環は本当に頑固者だね』と仕方なさそうに笑って受け取ってはくれた。しかし、それ以上に援助されていたことも事実だった。

鷹藤を好きだった。

好きだったからこそ、今のままの環ではダメなのだと思い知らされた。

それから環は本腰を入れて就職活動に励み、第一志望である鷹藤総合商事への内定をもぎ取った。展開する事業内容にひかれ、かねてから第一志望にしていたのだが、鷹藤の父親の系列会社だったので、無理だろうと半ば諦めていた。書類選考の時点ではねられると思っていたのだ。そんなダメもとの挑戦があっさり叶い、実は環が一番驚いていた。

そして、鷹藤にイギリス赴任《ふにん》の話が持ち上がる。

鷹藤は当然のように環にもイギリスへついてこいと言ってきたが、プロポーズまがいのその言葉を環は断った。

そうして、環は鷹藤に別れを告げたのだ。

自立したい――そう言った言葉は嘘でも建前でもなく、本音だった。

無事就職も決まって、自活する術《すべ》も得たことで、やっと告げられた言葉だったのだ。

環の別れの言葉に、鷹藤はあっさりと同意した。

『いいよ。環がそう言うなら。自立したいっていう気持ちもわかるし』

散々世話になっておきながら、自分一人で生活できるようになった途端に別れを切り出した恩知らずな環を、鷹藤は仕方なさそうではあったものの、微笑んで受け入れた。

自分がひどく身勝手なことを言っていることはわかっていたが、その笑みに安堵《あんど》よりも落胆を覚えた。

やっぱり自分もこの男にとっては簡単に手放せる人間の一人だったのだと思うと、どうしようもない痛みを感じたのだ。

環は今も、大学時代の学費や生活費の返済を続けている。

それは環の自己満足でしかないのかもしれない。けれど、その返済のために仕事を頑張っていると言っても過言ではない。

今、曲がりなりにも環が一人で生きていけているのは、この元飼い主が与えてくれたもののおかげだ。

☆

「野良猫《のらねこ》だけど、元飼い主様にはちゃんと懐《なつ》いてるし、恩も感じてるよ」

過去の回想に囚《とら》われていた環だったが、我に返ってぽつりと言い返した。

「ふーん」

環の縺《もつ》れた髪を解《ほど》いていた男は、曖昧《あいまい》な相槌《あいづち》を返しただけだった。

久しぶりに触れ合った肌の心地よさに、これ以上面白くもない過去を振り返るのが嫌になる。環はまるで猫が飼い主に甘えるように、鼻先を男の肩先に擦《す》りつけた。

「陽介」

そして気付けば、その名を呼んでいた。

多分、どんな形であっても、環は鷹藤との別れを選んでいた。

彼の父親の言葉はきっかけでしかない。

思い出しても意味なんてない。そう思うのに、胸の奥が鈍い痛みを訴える。

物思いに囚《とら》われそうなった瞬間、頬を両手で掴まれた。

ちゅっと可愛い音とともに触れるだけのキスをされ、驚きに目を見張る。

「そうやって自分の中に閉じこもるな。今、俺はお前の傍《そば》にいるだろう？」

覗き込んできた真っ黒い瞳に、吸い込まれそうで怖くなる。

目を逸《そ》らすことも叶わずに、ただ魅入られたようにその瞳を見つめ返す。

「一緒にいるのに、俺を一人にするな」

どこか拗《す》ねたような顔をする男に、環は息が上手く吸えなくなる。

「うん？　どうした？」

何気ない顔でいまだ繋《つな》がったままだった身体を揺すり上げられて、いつの間にか環の中で鷹藤が力を取り戻していたことを教えられた。

泣きたいような感情と、羞恥《しゅうち》と、求める身体の反応に、環は惑乱する。

男の顔に浮かぶ表情はいつもの飄々《ひょうひょう》としたもので、今言ったことが本気だとは思えない。

なのに、確かにそこに鷹藤の本音が混じっている気がした。

見えないと思い込んでいたこの男の心が、今なら何故か掴まえられるように思えてその目を覗き込む。

——あの頃、私と同じ寂しさを、陽介も抱えていたの？

「ごめん」

「別に謝ってほしいわけじゃない」

「うん」

俯《うつむ》きそうになる環の鼻先に、鷹藤のそれが擦《す》り寄せられる。

「まぁ、いいけどね。環が俺に懐《なつ》かないのは昔からだし？」

「ん……んん」

耳朶《じだ》を甘噛みされて、背筋が震えた。

「三年ぶりだ、もう少し付き合え。それで許してやる」

優しいのか優しくないのかわからない命令に、環は身体を疼《うず》かせる。

抱き寄せられて、環の背がやわらかく撓《しな》る。

背骨の形を確かめるように鷹藤の指が滑り落ち、腰に辿り着いた手で臀部《でんぶ》の肉をやわやわと揉みしだかれた。

鷹藤を受け入れたままの胎《はら》がその刺激にうねり始め、熱杭を締めつける。

「どうせそれ、私に拒否権ないんでしょ？」

燠火《おきび》のようにじりじりとしていた肌が、再び熱を上げ始める。

「ないな」

素直になりきれない環をあやすように、鷹藤が口づける。そのまま、再びベッドの上に押し倒された。

身体の繋《つな》がりを解《と》いた鷹藤が、新たな避妊具をベッドサイドから取り出した。素早く装着して、環に覆いかぶさってくる。

「んん……」

蕩《とろ》けきっていた粘膜に与えられた熱に、環は甘い喘《あえ》ぎを吐き出した。

そうして、強く思う。

——やっぱりこの元飼い主が、何を考えているのかわからない。

三年も経った今になって、どうして環に手を伸ばしてくるのか。

いくらその目を覗き込んでみたところで、そこには何も答えを見いだせない。

「また、別のことを考えてる」

「やぁん!! あぁ……」

強く突き入れられ、衝撃に息が詰まる。

「少しは集中しろ。いい加減、俺も怒るぞ?」

男の乱暴ともいえる腰の動きに、環は悲鳴を上げる。

「こんなことをしているときくらい、頭の中、俺だけにしろよ」

——もう十分すぎるほど、一杯一杯だ!!

別れて三年経ってもこれだけ環を振り回しているくせに、まだ足りないというのか。環のすべてを奪う男に、噛みついてやりたくなる。

しかし、抗議は声にならずに、唇は蕩《とろ》けた声を上げた。

一瞬だけ掴めそうだと思えた鷹藤の心が、手のひらから零《こぼ》れて落ちていく。

再びそれを掴むように環は男の背中に爪を立てるが、同時に余計なことを考える余裕がなくなった。

でも、このまま流されるのはやっぱり悔しくて、環は鷹藤の大きな身体を引き寄せる。

男の耳朶《じだ》に吸いつけば、抱きついていた背中が強張《こわば》るのを感じられた。

「……っ、環！」

耳朶《じだ》から首筋にかけて唇を這《は》わせる。

耳朶《じだ》とその下の首筋は、鷹藤の弱点の一つ。小さな意趣返《いしゅがえ》しに満足して、環は淡く笑う。

「環」

濡れた声とともに、唇が塞がれる。

環を苛立《いらだ》たせ、振り回すことに長《た》けたその唇は、だが、触れた瞬間は、ひどく不器用に感じた。

満たされる喜びと振り回される痛みに、環は考えることをやめる。

この男に関しては、何かを考えるだけ無駄だ。

そうして、環は元飼い主の強引な腕の中に再び囚《とら》われた——

2　野良猫《のらねこ》は夜空を見上げて

「くぅぅ」

腰の怠《だる》さとひどい頭痛を覚えて、環は呻《うめ》く。この朝の目覚めは、人生でも五本の指に入るほどに最悪だった。

――頭痛い。腰が怠《だる》い。吐きそう。なんか重い。飲み過ぎたこれ。

そう思いながら瞼《まぶた》を開けば、目の前に元飼い主の顔があった。悲鳴を上げそうになったが、何とか堪《こら》える。

一瞬、何故鷹藤と一緒に寝ているのだと混乱したが、すぐに昨日の記憶がよみがえった。

「今なら、自己嫌悪だけで軽く死ねそう」

枕に顔を埋めて、ぼそりと呟く。

「本当に、最悪……」

穴があったら埋まりたい。いや、いっそ可能なら自分で地底深くまで穴を掘って今すぐに埋まってしまいたい。

――十年くらい埋まっていたら、この自己嫌悪も何もかもなかったことにできるかな？

埒《らち》もないことまで考えて、環の自己嫌悪はますますひどくなる。

「ううぅ」

穴が掘れないならばシーツに潜《もぐ》り込もうかとやってみたが、腰に回された鷹藤の腕が邪魔で動くに動けない。

環は顔を顰《しか》めて、ため息をつく。

暴れ出したい衝動に駆られるが、男の眠りを妨げるわけにもいかない。環は諦めて、再びため息をついた。

まるで猫の子でも抱くように、鷹藤は環を抱いて寝ている。これは、昔から一緒に寝るときの鷹藤の癖だ。

こんなところは昔と変わってないなと思う。

昨夜、疲れてそのまま眠ってしまったせいで、互いに裸のままだ。

シャワーを浴びてさっぱりしたいが、腰に絡《から》みついた鷹藤の腕を振り払う元気も体力も、今はなかった。

環はまた枕に顔を沈めて、隣で眠る男の寝顔を眺める。

目の前の元飼い主は、起きているときとは違い、ひどく穏やかな顔をしていた。

頬に触れれば、指先にざらりとした髭《ひげ》の感触。あぁ、男の人だなと、こんなときに実感する。

暫《しばら》く無言のまま、三年ぶりのその端整な寝顔を眺めた。

三年前は、毎日あたり前に目にしていた光景。鷹藤がイギリスに旅立つその日の朝まで、二人は一緒に眠っていた。

ベッドが一つしかないから一緒に寝る、そんな理由で。

久しぶりに眺める寝顔は、昔と何も変わっていないようで、でもやはり環の知らない三年分の時間を刻んでいた。

覚えているよりも髪が伸びて、そして、顎《あご》のラインが少しシャープになっている。

ちゃんと食べているのかと気になった。

鷹藤はきちんと自己管理しているように見えて、その実、誰かが一緒じゃなければ平気で食事を抜くのだ。料理も得意で、食べることも好きなくせに、一人だと食べる気が無くなると言って、適当なもので済ませてしまう。

鷹藤の規則正しい寝息だけが、部屋に響いている。

そこまで考えて、不意に、自分の心配が余計なお世話だということに環は思いあたった。

この男の世話をしたがる女なんて、世界各国どこにでもいる。

今さら環が心配するようなことでもない。きっと向こうでも、金髪美女を侍《はべ》らせていたに違いない。

急に、気持ちよさそうに眠っている男にムカついて、環は指を伸ばして鷹藤の鼻を捻《ひね》った。

八つあたりだ。それはわかっているが、やり場のないムカつきを原因である男にぶつけて何が悪いとも思う。

「ふが！　痛い!!　環、こら!!」

不意を突かれた鷹藤が、間抜けな声を上げて目を開けた。

低血圧で朝だけは弱い鷹藤は、状況が理解できないのか眉間《みけん》に皺《しわ》を寄せて唸《うな》っている。

その間抜けな表情に、少しだけ溜飲《りゅういん》が下がった。

環は鷹藤に背を向けるように寝返りを打って、身体を丸める。

「一体、何だよ？」

ちょっと尖《とが》った声の鷹藤を無視した。こんなこと説明する気にもならない。

だんまりを決め込む環に何かを察したのか、ふわりと背中が熱くなる。

背後から抱き寄せられて耳朶《じだ》に落とされた質問は、寝起きでまだどこか掠《かす》れていた。

「今、何時だ？」

その声に、背筋がぞくりと震えそうになる。

昨日、あれだけ貪《むさぼ》りあったのに、まだこの飢《う》えは解消されないか。そう思うと、自分の貪欲《どんよく》さに呆れる。

でも、そんなこと気付きたくもないし、気付かれたくもない。

——そういえば本当に今、何時？

鷹藤の問いに、環は視線を巡らせた。

部屋に差し込む光は、どう見ても朝のものじゃない。きっと、昼も近い時間だ。

お互いに寝たのは朝方だ。三年分付き合えの言葉通りに、環は昨夜鷹藤にしつこく攻められたのだ。寝たというより、最後は意識を手放したというほうが正しいような状況だった。

背後から鷹藤の手が伸び、ベッドサイドの腕時計を取る。

「十一時四十三分。もうすぐ昼だな」

その言葉に、環は急に自分がひどく空腹なことを自覚する。

「お腹すいた」

「そうだな。起きて、飯でも食うか」

鷹藤が身軽に起き上がり、ベッドを降りて下だけ身に着ける。つられて環も起き上がろうとしたところ、腰に鈍い痛みが走った。

「……ッう」

完全に腰を痛めていた。

「大丈夫か?」

顔を顰《しか》めながら、恨みがましい視線を鷹藤に向ける。

「これが大丈夫に見える?」

鷹藤が苦笑して、環に手を差し伸べる。

「すまん。加減を忘れた」

「少しは体力差を考慮して。身体がもたないわ」

文句を言いながら、環は素直に鷹藤の手を借りて起き上がる。

ふらつく身体を何とか支えてベッドの上に座り込むと、鷹藤が「ちょっと待ってろ」と告げて、寝室を出て行った。

その後ろ姿を見送ってから、環は自分の身体を見下ろした。

シーツに触れた素肌はさらりと乾いていた。

多分、環が気を失ったあとに、鷹藤が拭いてくれたのだろう。

こんなところはまめな男だと思う。そんなことに気付かずに眠りこけていた自分は、たいがいどうかと思うけど。

環は慎重にシーツを身体に巻きつけて、ベッドの下に足をついた。

動くたびに全身の筋肉が悲鳴を上げて、まともに立ち上がることもできない。だが鷹藤が戻ってくるのを待つ間、裸でいるのも気が引けて、環は身に着けられるものを探した。

ベッドから手の届く範囲に、脱ぎ散らかしたままの鷹藤のYシャツがあった。それを拾い上げて、身に纏《まと》う。

大柄な鷹藤のシャツは環には大きすぎて、まるで身の丈に合わないワンピースを無理やり着た子どもみたいになっている。

ため息をつけば、肩からシャツがずり下がった。

襟を引き上げながら、部屋の様子を改めて眺める。ベッドの下は二人分の衣服が散乱していて、昨日の自分たちの余裕のなさを物語っていた。

脱がされたガーターストッキングは、伝線したうえに互いの体液だのなんだので濡れていて、もう使い物にならない。

結構に気に入っていただけに、惜しいことをしたと思う。

環がベッドの端に座り込み、それ以上動けずにいたところで、鷹藤が寝室に戻ってきた。

手には、栓を開けたジンジャーエールの瓶が二本握られている。

環の姿を目にした鷹藤の動きが一瞬止まり、何故だかひどく満足そうににやりと笑った。

いきなり上機嫌になった意味がわからず首を傾《かし》げるが、すぐに、自分がいわゆる『彼シャツ』状態であることに思い至る。

こんなことに満足感を覚える男だったたっけ？　と考えるものの、この男に関してはわからないことのほうが多い。

「喉、乾いてるだろう？　ほら」

「ん。ありがとう」

差し出された瓶を受け取って口をつける。

さっぱりとした炭酸が、喉を滑り下りていく。渇ききっていた喉に微炭酸の刺激が心地よく、環は一気に炭酸を飲み干した。

「くぅうー」

「仕事帰りのおっさんみたいになってるぞ？」

「放っておいて」

自分でも感じていたことを指摘されて、環はぷいっと横を向いた。

立ったままジンジャーエールを飲んでいた鷹藤が、笑って環の髪をくしゃりと乱す。

「動けそうか？」

「まだ無理」

「わかった」

飲み終わった瓶をベッドサイドに置いた鷹藤が、環の脇に手を入れた。何をされるのかわかって、大人しく鷹藤の首に手を回せば、子どものように抱き上げられる。

そのまま抱きかかえられて、環は浴室に連れて行かれた。

先ほど、部屋を出て行ったときにでも、湯を張っていたのだろう。既に浴槽には湯が溜められていた。

そっと浴槽の縁に降ろされる。

「少し風呂でゆっくりしてろ。昼の手配をしてくる」

「わかった」

「風呂入っても動けなかったら呼べ」

「ありがとう」

それだけ言うと、鷹藤は浴室から出て行った。

環は鷹藤のシャツを脱いで、シャワーのコックを捻《ひね》る。温《ぬる》めの湯を頭から浴びれば、わずかに残っていた不快感が洗い流された。

簡単に身体と髪を洗って、湯船につかる。

人肌よりも少し高めの温度は環の好みピッタリだった。本当にこういうところは相変わらず、まめというかなんというか——

適切な言葉が思い浮かばずに、環はため息をついて浴槽の中で手足を伸ばす。

強張《こわば》っていた全身の筋肉が、湯につかってゆっくりとほぐれていくのを感じる。

「ふぅー」

肺の底から息を吐き出して、天井を見上げた。

さて、これからどうしたもんかと考えてみるが、考えたところで答えなんて出ないことは知っている。

環に与えられた役割は、今日から鷹藤の政略結婚が破談になるまで、愛人の振りをすること。そのために、一緒に暮らす。

そんなことで破談になるのかは、はなはだ疑問だが、そこは鷹藤が何とかすると言うのだから何とかするのだろう。

一番の問題は、流されている自分だ。

間近で覗き込んだ瞳、触れた吐息に重ねた肌の熱さ。三年ぶりの再会で、自分の中の想いを突きつけられた気がする。

もうとっくの昔に封じ込めたと思っていた恋が、勝手に動き出していた。

盛大なため息が零《こぼ》れそうになって、環は湯船の湯を手で掬《すく》って、ばしゃばしゃと顔を洗った。

「いくらなんでも不毛すぎるっつーの。本当に馬鹿で最悪だ」

とうの昔に別れた恋人にもう一度恋をするなんて。

「何が不毛で、馬鹿で、最悪なんだ？」

独り言に答えが返ってきて、環は驚きに顔を上げる。

浴室の入り口に、バスタオルを手にした鷹藤が立っていた。

「何でもない！　ていうか、いきなり入ってこないでよ、びっくりするじゃない!!」

独り言を聞かれていた上に、入浴中にいきなり入ってこられて羞恥《しゅうち》に声が大きくなる。

「いつまでも上がってこないから、倒れてるんじゃないかと思ったんだよ」

湯船の中に少しでも身体を隠そうとする環に構うことなく、鷹藤は浴室に入ってきた。

「具合は？」

「別に悪くない。ちょっと長湯してただけ！」

「それならいい。ルームサービスきたからそろそろ上がってこい」

そう言いながらも浴槽に手を突っ込んできた鷹藤に抱き上げられて、大判のバスタオルで包まれる。そのまま脱衣所まで運ばれた。

「ちょ、陽介！　多分もう動ける！　大丈夫だから!!　服濡れるわよ!?」

既にシャツとジーンズに着替えている男は、自分の服が濡れるのも構わずに、環をふわふわのバスタオルで拭き始める。

「お前が暴れなきゃそんなに濡れない。時間がもったいないから大人しくしてろ」

そうして、脱衣所の椅子に降ろされた。

ぞんざいに見えて、その実、鷹藤の手の動きはひどく優しかった。

身体と髪の水気をある程度ふき取ると、鷹藤は脱衣所に置いていた着替えを手渡してきた。

「服はクリーニングに出したから、とりあえずこれ着てて」

渡された着替えを受け取って、環は無言になる。思わず見上げた先で、鷹藤は上機嫌に笑っていた。

その顔から視線を再び手元に向けて、環はため息をつく。

そこにあるのは、男物の黒いシャツ。どう見ても鷹藤の私服だ。

すぐそこにホテル備えつけのバスローブがあるのに、何故これ?

そんなに気に入ったのか、彼シャツ……

白いYシャツよりも肌が透《す》けないとはいえ、大丈夫というわけもない。

だがこれ以外の着替えを要求したところで、鷹藤がしれっと別のシャツをもってくるだけなのもわかっているから、環は諦めて渡されたシャツを羽織《はお》る。

第一ボタンまで留めても、鎖骨が丸見えだ。裾《すそ》は太ももの半ばまでしか隠してくれない。

――今すぐどこかに行くわけでもないからいいけどね。

そう自分を納得させるが、ちょっと胡乱《うろん》な眼差《まなざ》しになるのは仕方ない。

顔を上げると、鷹藤と目が合った。環の様子を眺める鷹藤は、ひどく満足そうな顔をしていた。

その顔だけで、鷹藤が環のこの姿をとても気に入ったことがわかる。

彼シャツで喜ぶような可愛げがこの男にあったとは。本当に意外だ。

ドライヤーを片手に鷹藤が近づいてきて、環のまだ水分を含んだ髪に温風をあててくる。

縺《もつ》れた髪を丁寧《ていねい》にほぐしながら髪を乾かす男の手つきは、どこまでも優しい。

気持ちよさに、環は猫のように目を細める。

たまに、本当に自分が猫だったらよかったと思うときがある。そうすれば、どんな形でもこの男の傍《そば》にずっといられたのに――

「よし。こんなもんか」

ドライヤーが止まったので、環は立ち上がろうとした。

しかし、伸びてきた手に阻まれる。

「え？　陽介!?」

再び子どものように抱え上げられた。

「ちょっと！　もう歩けるってば!!」

環を軽々とお姫様抱っこして歩き出した男に、羞恥《しゅうち》の声を上げる。

足をバタバタさせると「そんなに暴れると見えるぞ？」と言われた。思わず環の動きが止まる。

見れば、裾《すそ》がめくれて太ももが露《あら》わになっていた。下着を身に着けてない状態でこれは頂けない。

環は無言でシャツの裾《すそ》を押さえた。

それ以上暴れることもできずに、環は大人しく鷹藤に運ばれる。

昨日は素通りしたリビングには、鷹藤がルームサービスで頼んでいたブランチが既に運び込まれ、セッティングされていた。

どうやら思いのほか長い間、風呂に入っていたらしい。

椅子に降ろされて、オレンジジュースを渡される。

――至れり尽くせりだなぁ。そんなに気に入ったのか、彼シャツ。

鷹藤は、甘やかすときはとことん甘やかす癖がある。だけどここまでノリノリなのは珍しい。

いや、結構長い付き合いのはずだが、こんなにご機嫌なのは初めてかもしれない。

テーブルの上には二、三種類のサンドイッチに、オムレツ、野菜サラダにフルーツ。そしてコーンスープなど、環の好物が並んでいた。

鷹藤が目の前に席に座る。

「いただきます」

二人同時に手を合わせて、食事を始めた。

朝食とも昼食ともいえない食事の間、会話はほとんどなかった。

時折、「そこのドレッシング取って」などの短いやり取りはあったが、互いに空腹を満たすことに専念する。

沈黙が気まずいとは思わない。会話なんてなくても、鷹藤と一緒に過ごす時間はひどく穏やかで心地よいのだ。

だからこそ、厄介でもある。

この居心地のよさに慣れてしまえば、他の人間に目がいかなくなってしまうからだ。

「どうした？　浮かない顔して。料理がうまくなかったか？」

「まさか。とってもおいしいわよ」

「だったらどうした？」

この居心地のよい時間に慣れ過ぎて他の男と恋愛ができそうにないなんて、目の前の男には絶対に言いたくない。

「誰かさんに昨日、散々体力を絞り取られて、まだ怠《だる》いだけ」

嘘でもないが本当でもない答えを口にすると、「それは悪かったな」と、ちっとも悪いとは思っていない口調で返された。

「心にもない謝罪はいらない」

「それもそうだな」

カップをテーブルに置いた鷹藤が、艶冶《えんや》に微笑んだ。

「じゃあ、ご機嫌斜めなうちの野良猫《のらねこ》に機嫌を直してもらうために、もっとサービスするとしますか」

「いや、結構です！」

微笑んで立ち上がった男に、環の背筋がうすら寒くなる。

鷹藤が言うサービスなんて、きっとろくでもないものに違いない。速攻で拒絶をした環を鷹藤がまた抱き上げた。

「いい加減、もう自分で動けるんですけど？」

鷹藤の首に手を回して大人しく抱き上げられながらも、環は一応伝えてみる。

「俺が好きでしてるんだから、黙って世話されておけ」

「何よそれ？　ていうか、そんなに気に入ったの？　これ」

環は視線だけで、自分が身に纏《まと》う鷹藤のシャツを示す。

「彼シャツは男のロマンだろ」

「さいですか」

思った以上にきっぱりと言われて、脱力する。

大人しくなった環を抱えて、鷹藤が歩き出す。

今度はどこに連れて行かれるのかと思えば、行き先は寝室だった。

環をベッドの上にそっと降ろし、鷹藤もそのままごろりと横になった。

「陽介？」

腕の中に抱き寄せられる。顔を上げると、鷹藤が陽だまりの下の猫のような表情を浮かべていた。

「せっかくの休みなんだし、もう少し怠惰《たいだ》に贅沢《ぜいたく》に過ごしても許されると思わないか？　こんな休日は久しぶりだから付き合え。あと、起きたら出かけるぞ」

「どこに行くの？」

今からの昼寝では、起きたら夕方だろう。

完全に午睡《ごすい》の態勢に入ったこの男が、二、三時間の昼寝で満足するとも思えない。

「買い物。だから今のうちに寝て、体力回復しておけよ？」

言いたいことだけ言って、鷹藤は環をぎゅっと抱きしめると、瞼《まぶた》を閉じた。

すぐに聞こえてきたのは規則正しい寝息で、環は呆気にとられる。

――人にサービスするだのなんだの言っておいて、結局は自分が寝たかっただけじゃない。

暫《しばら》く鷹藤の寝顔を眺めていた環だったが、やがてくすりと笑った。

あまりに気持ちよさそうに眠るその姿に、文句を言うのが馬鹿らしくなったのだ。

今日からの生活とか、自分の気持ちとか、考えないといけないことはたくさんある。

だけど、今はそれすらもどうでもよくなっていた。

環は、鷹藤の胸元に鼻先を擦《す》りつけて瞼《まぶた》を閉じる。

確かにこの時間は贅沢《ぜいたく》だ。

休日の午後。穏やかな陽が差し込む寝室での昼寝は、抗《あらが》いがたい誘惑に満ちていた。

一気に眠気が襲ってきて、環も休日の午睡《ごすい》に身を委《ゆだ》ねた。

だから、環は知らない。

眠ったはずの鷹藤が瞼《まぶた》を開けて、眠りに落ちた環をひどく愛おしげな表情で見守っていたことを。

そして、囁《ささや》かれた言葉も、その意味も。

「三年も待ったんだから、そろそろ自覚してくれよ？」

☆

「ちょっと！　陽介、まだ買う気!?」

フィッティングルームの前に設置されたソファに座って、環は呆れた声を上げた。

「何だ？　もう疲れたのか？」

「あたり前でしょ」

疲れているに決まっている。環はもう二時間も、鷹藤とここの店員の着せ替え人形になっているのだ。

しかも試着する服は、普段環が身に着けるより確実に0が一個多いものばかり。試着するだけでも気を遣う。

――昼寝から目覚めたあと、鷹藤は宣言通りに環を買い物に連れ出した。

そうして環は今、この誰もが知るハイブランドのブティックで若くイケメンな金持ちに貢《みつ》がれる愛人役を、無理やり演じさせられている。

買い物に行くというから、暫《しばら》く日本に滞在する鷹藤の日用品でも買うのかと思って完全に油断していた。だが、ふたを開けてみれば、既に始まっていた愛人役のいきなりのお披露目だったのだ。

――先に説明くらいしておいて！

そう思っても仕方ないだろう。

「お疲れであれば、お茶をおもちしましょうか？」

「あぁ、頼む」

背後に控えていた店員の申し出に、鷹藤は鷹揚《おうよう》に頷いた。そして手にもっていた服を棚に戻し、環の隣に座る。

ぽんぽんと環の頭に鷹藤の手が置かれた。その感触が気持ちよくて、環は深い息を吐き出す。

「そんなに疲れたか？」

「帰りたい」

り拒否された。
環の髪を指先に巻きつけて弄《もてあそ》ぶ男に、環は心の底からそう答える。しかしその願いは、あっさ
「もうちょっと付き合え。好きな女に貢《みつ》ぐことほど楽しいことはないからな」
そう言って艶冶《えんや》に微笑んだ男が、指先に巻きつけた環の髪に口づけた。
――キャラ!! キャラ変わりすぎだ!!
間近で微笑む鷹藤に、環の全身に鳥肌が立った。
環たちのやり取りを目にした店員の目が輝いて、口元が動く。何かを叫びそうになっていたが、
彼女は口元に手をあててなんとかそれを堪《こら》えたようだ。
過剰なまでに振りまかれた鷹藤の色気に、店員や客たちがうっとりしているのがわかる。そして
彼女たちの視線は、彼の愛情を一身に受ける環に向かう。
その眼差《まなざ》しを敏感に察知して、環は鷹藤の言葉に感激している振りをした。同時に、周りの人間
に気付かれないようにため息をつく。
ちらりと鷹藤の様子を窺《うかが》えば、環と周囲の人間の反応の両方を楽しんでいた。
この男は、自身の言動が周囲にどんな反応を巻き起こすのかちゃんと理解している。だから彼は、
自分の目的のためにこの場所を最大限に活用して楽しんでいた。
こんなことまで楽しめるこの男の性格の悪さについてもはや何も言うつもりはないが、一言の説
明もないままに振り回すことだけは勘弁してほしかった。
「お茶をおもちしました。どうぞ」

「ありがとうございます」

テーブルの上からカップを持ち上げると、ハーブティーの華やかな香りがふわりと香った。緊張でからからになっていた喉が潤《うるお》って、ようやく人心地つく。

そんな環の肩を抱き寄せ、鷹藤が耳元で囁《ささや》いた。

「それを飲み終わったら、次はあれを着てみてくれ」

鷹藤の示す方向に目やれば、店員が微笑みながら、その手にもつものを掲げた。

――そんなに買ってどうするんだ!!

もう十着は、この店で購入を決めている。服だけではない。靴に、帽子、アクセサリーに時計。コーディネートの名目で、どれだけのものを揃えたか。

だれもが一度は名前を聞いたことがあるだろうこの老舗《しにせ》ブランド。その店で、これだけのものを買ったらいくらになるか。考えたくもない。

『こんなにたくさん買っても着ていく場所がないからやめて!!』と何度も訴えたが、鷹藤は聞き流すばかりだった。

『これも愛人契約の一つだから諦めろ。着ていく場所ならいくらでも作ってやる』

そう言って飄々《ひょうひょう》と笑う男を思い出して、環は今日だけで何度目になるかわからないため息を吐き出す。

「ほら、せっかくだからこれも着てこい」

「もう勘弁して……」

店員には聞こえない声で囁《ささや》き返す。

「本当に疲れたみたいだな。わかったよ。じゃあ、これで最後にしてやるから行ってこい」

甘い仕草で環の髪を弄《もてあそ》んでから、環の背を押して立ち上がらせる。

いつにない男の様子に背筋が粟立《あわだ》つような感覚を覚えながらも、環は立ち上がった。そうして再びフィッティングルームに入る。

「素敵なご主人ですね」

ハンガーから服を外した店員が、そのワンピースを差し出しながらわくわくした様子で囁《ささや》いてきた。

環は何とも言えない気分に陥《おちい》りながら、曖昧《あいまい》な微笑みを浮かべる。

――騙《だま》されている。思い切り陽介に騙《だま》されている。

だけどここで、本当のことを言ってもどうしようもないだろう。

「ええ。とても大事にしてくれる優しい人なんです」

「それはお幸せですね」

「はい……」

照れくさそうに俯《うつむ》く自分の行動に、おかしな笑いが漏れそうだ。

これが、あの男の婚約話をぶち壊すための演技だと知ったら、彼女は一体どんな顔をするのだろう？

そう思いつつも、環は最後まで、イケメンな金持ちに溺愛される妻の役を演じる。

店員がフィッティングルームを出て行った。さっさとこの茶番を終わらせたくて、鷹藤が選んでくれたワンピースを身に着ける。

全身が映る姿見に自分の格好を映して、環は目を見開いた。

シャンパンゴールドのそのワンピースは、ノースリーブのカシュクールで上半身を柔らかく包み、ウエストにリボンがあつらえられている。Aラインの膝丈のスカートは、腰の細さを強調していた。清潔感を保ちつつ明るい印象で、アクセサリーや小物次第で色々と着回しができそうだ。環は鷹藤のセンスのよさに脱帽する。

しっかりと環の好きなラインの服を選んでくるあたりもさすがだ。

思わずくるりと一回転して、広がるスカートの裾《すそ》を楽しむ。

好みのワンピースに、疲れていた環のテンションが上がった。

「どうだ？　環？」

外から鷹藤に問われて、環はフィッティングルームの扉を開ける。

「いいじゃないか。似合うな、それ」

環の姿を見た鷹藤が、満足げに微笑んで頷いた。

「これはこのまま着ていくから、さっき着ていた服を包んでくれ。それとそのピンクゴールドのネックレスとセットのピアス、あと靴はそれを履いて行く」

店員に色々と指示を出して、さっさと環の全身をコーディネートし始める。

鷹藤に指示されるまま、店員がワンピースや靴、小物のタグを外す。環も、言われた通り身支度を整えていった。

環が着替えている間に、鷹藤は店員にカードを渡して、たくさんの荷物を自宅に配送するよう手配している。

手続きを待つ間、ソファに座った男が環の髪に手を伸ばしてきた。

「何？」

何度も試着のために着替えたせいで乱れた髪を、鷹藤によって解《ほど》かれる。

「ちょっとじっとしてろ」

そう言って男は、器用に環の髪を捩《ね》じりだす。

「痛くないか？」

「ん。平気」

まるで慈《いつく》しむような手つきで環の髪をさわっていたかと思うと、鷹藤は仕上げにとかんざしを挿《さ》した。

姿見に視線をやれば、複雑に結い上げられている。

相変わらず何をやらせても器用な男だなと、環は半ば呆れながら感心した。

「この服にはこっちの髪型のほうが似合う」

「ありがとう」

似非紳士《えせしんし》の微笑みを浮かべる鷹藤に、環も負けずにはにかんだ微笑みを浮かべて見せる。

会計が終わって、環は鷹藤と一緒にソファから立ち上がった。しかし、慣れないヒールによろけてしまう。

「大丈夫か？」

すかさず、鷹藤が腰を支えてくれた。

「ごめん、ありがとう。いつもよりヒール高くて……」

何とか転ばずに済んだものの、恥ずかしさに俯《うつむ》きたくなる。

「あぁ。じゃあ、慣れるまでこうしていよう」

そう言って、腰に手が回される。密着した距離に、周りの視線がバカップルに向けられるものへと変わった気がした。

本当によくやるよと、何もかも計算して行動しているこの男にますます呆れた。

しかし、普段履いている靴よりも高いヒールに、一人でまともに歩くことができないのは事実だ。

環は大人しく鷹藤にエスコートされ、店を出る。背後では店員たちが頭を下げて、二人を見送っていた。

通りに出ると、鷹藤が呼んでいた車が待っていた。

乗車して店員と客の目がなくなった瞬間に、環はぐったりと背もたれに倒れ込んだ。目を瞑《つむ》ると、座席に身体が沈んでいく錯覚を覚える。

「そんなに疲れたか？」

面白がるような声音で訊《たず》ねてくる男を、環はちらりと目を開いて睨《にら》む。

「あたり前でしょ？　ああいうことするつもりなら、先に言っておいてよ……本当に疲れた」

再びぐったりとして目を閉じると、鷹藤が苦笑したのが気配でわかった。肩が引き寄せられ、こめかみにキスが落とされる。

二人の仲を見せつける店員も観客もいないのに、甘すぎる仕草。

――本当にずるい男。

そう思うのに、触れる男のぬくもりが、環のガードを甘くする。

「悪かったよ。一回やってみたかったんだよ。プリティ・ウーマンごっこ。今日買ったものはこれからの迷惑料の一部として受け取ってくれ。この先、いろいろと連れ出すしな」

「……わかった」

束の間色々と考えて、環は頷いた。

どうせ鷹藤のことだ。受け取りを拒否したところで、環のことを丸め込みにくるのはわかっている。

昨日再会してから振り回されすぎて、今はこの男とやり合う元気もない。

鷹藤の肩に頭を預けて、環は車窓を流れる景色に目をやった。

すっかり日が暮れている。三連休初日の土曜。街は人で溢《あふ》れていた。

「そういえば、これからどこ行くの?」

ホテルに帰るのかと思っていたが、向かっている場所が違う。

「あぁ、今日はもうちょっと付き合え」

「どこに?」

正直、もう本当に疲れているから、ホテルでも家でもどちらでもいいから帰りたかった。

それが顔にも出ていたのだろう。柔らかく微笑んだ鷹藤が、くしゃりと環の前髪を乱す。

「そんなに警戒しなくても、今度はさっきみたいなことはないから安心しろ」

「本当に？」

「嘘はつかないよ」

そんな会話をしているうちに、車は目的地に到着したらしい。鷹藤にエスコートされて、環は車を降りる。

「え？　あ……ここ……？」

懐かしい場所に、思わず店の前で立ち止まってしまった。

そこは、大学時代サークルの打ち上げや何かでよく使った居酒屋だ。

「皆が待っているはずだから、早く行くぞ」

いたずらが成功した子どものような表情を浮かべた男が、環の手を引く。

「いらっしゃいませー！」

鷹藤ががらりと引き戸を開ければ、店員が威勢のいい声をかけてきた。

「二名様ですか？」

「いや、鷹藤で予約してあるはずなんだが」

「ご予約の鷹藤様ですね！　こちらにどうぞ！」

案内されたのは、奥の広間だった。

「お連れ様がお見えです！」

広間には、懐かしい顔ぶれが揃っていた。鷹藤が主宰していたイベントサークルで、二人と特に仲のよかったメンバーだ。十人ほどいるだろうか。

既に彼らの手にはビールのジョッキやら何やらが握られている。

「お！　やっときたか！　人を呼び出しておいて遅いぞ、お前ら！」

「悪い。ちょっと前の用事が押した」

「まぁいいさ。さて主役の二人もきたことだし、乾杯し直すか！」

鷹藤が、靴を脱いで座敷に上がる。環もそれに続こうとしたら、振り返った鷹藤が手を差し出した。ヒールでふらつく環を気遣っての行動に、心が揺らされる。

と同時に、相変わらずだなとも思った。こういうことをさらりとできるからこそ、女が放っておかないのだ。

「おぉー！　じゃあ、改めて注文取るぞー！」

皆が二人のために席を空けるため動き出し、場が一気ににぎやかさを増す。

「環ー！　こっちおいでよー!!」

見ると、大学時代からの親友の石岡莉乃が、ジョッキ片手にひらひらと手を振って自分の横の席を示していた。

どうしようかと隣にいる鷹藤を見上げれば、「行っていいぞ。俺は俺で他の奴らと話をするから」と許可が下りる。

「じゃあ、そうする」

環は頷いて、莉乃の横に向かった。

「久しぶりー。電話ではよく話してたけど、会うのって先々月に飲みに行って以来？」

「そうじゃない？　お互い予定なかなか合わなかったしね。莉乃のほうは、最近どうなの？」

「相変わらずよ。毎日毎日、そこにいる社長に振り回されてる」

そう言って莉乃は疲れた顔で、鷹藤の横にいる男を目線だけで示す。視線の先にいたのは、鷹藤の悪友で環たちの先輩でもある本間《ほんま》だった。

莉乃と本間は、大学時代に鷹藤が創設したイベントサークルを引き継ぎ、その流れで人材派遣会社を立ち上げていた。その際の出資は鷹藤が行っている。学生のお遊びイベントサークルを組織立てて見事会社にした二人は、今では業界でかなり注目を浴びる存在になっていた。

その忙しさは多分、環の想像をはるかに超えているだろう。

この場にいる数名も、その会社で働いている。鷹藤はというと、そこの大株主だ。だが、鷹藤は経営に関わるつもりはなく、友人たちの活躍を遠目に眺めている。

「ま、仕事のことはどうでもいいや。せっかく久しぶりに会ったんだし、飲もう。環は何にする？」

「うーん、とりあえずビールかな」

「わかった」

「本間さん！　こっちビール二つお願いします！」

「おう、わかった！　他に注文なければ店員呼ぶぞー！」

本間はテキパキと、新しい飲み物と追加のつまみを注文した。

「んで？　どういうこと？　やっと飼い主のもとに戻ることにしたわけ？」

注文したものが届くのを待つ間、莉乃が好奇心に目を輝かせて訊《たず》ねてきた。

大学時代からの付き合いの彼女には、鷹藤とのことは色々と知られている。

「まさか……」

環は肩を竦《すく》めて、テーブルに並んでいたつまみに手を伸ばした。

「じゃあ、今回のこれはどういう事よ？」

「うーん？」

今さら莉乃に隠すようなこともないが、この状況をどう説明すればいいのか、言葉に迷う。

「たーまーきー？」

少し冷めて脂《あぶら》っぽくなった唐揚げを口にしていれば、隣から莉乃の怒った声が聞こえてきた。

振り向くと、莉乃がこちらをじろりと睨《にら》んでいる。

「そんな顔しなくてもちゃんと説明するわよ。ただ、どう言えばいいのか考えていただけなんだから、ちょっと待って」

「そう？　じゃあ、もったいぶってないでさっさと説明しなさいよ。今日だって、いきなり本間さんが、鷹藤先輩と環と飲みに行くぞって、予定を全部ふっ飛ばして皆を呼びだしたのよ？　調整するの大変だったんだから。事情くらい説明してちょうだい」

仕方なく環は、昨日からの出来事を簡単に話した。それを聞けば聞くほどに、何故か莉乃の目つきが鋭くなっていく。

「……三年もあれこれさせておいて、ようやく動いたと思ったらこれか!!」

莉乃が口の中で何かを呟く。だが、その呟きは店員の「お待たせしました！」の声にかき消されて、環には聞こえなかった。

「何？　何か言った、莉乃？」

「何でもない、こっちの話よ！　はいビール！」

まるで怒ってでもいるようにビールのジョッキをこちらに回してきた莉乃に、環は首を傾《かし》げた。

しかし、莉乃は環の疑問に答えるつもりはないらしい。いきなりすっくと立ち上がった。

「はい!!　注目！」

そうして、ジョッキを掲げる。

「どうした？　石岡？」

「何だ？」

「賭《か》けの結果がわかったわよ！　環と鷹藤先輩はよりを戻したわけじゃないって。先輩の縁談を潰すために、愛人ごっこをするらしいわよ！」

周りが一気に騒がしくなる。

「何だと!!」

「どういうことだ、それ!!」

「くそー！　負けた！」

皆の騒ぎに、環は頭を抱えた。

どうやら自分と鷹藤の関係が、この場の仲間たちの賭《か》けの対象にされていたらしい。しかも胴元は、どう考えても隣にいる親友だ。

「莉乃、そっちこそどういうことよ!!」

環は、隣の親友の服を掴んで怒鳴る。しかし、莉乃は環の怒りなど気にした様子もなくにやりと笑った。

「まーまーそう怒りなさんな。これも一種の余興《よきょう》よ。鷹藤先輩と環には散々振り回されてきたんだから、ちょっとくらいもうけさせてもらってもバチはあたらないと思うのよ。皆、二人がよりを戻したほうに賭《か》けたから、仕方なく私一人、違うほうに賭《か》けたのよね。おかげでいいおこづかいが稼げたわ。今日の二人の会費はここから出してあげる！　それでいいでしょ、鷹藤先輩？」

満面の笑みでウインクする友人に、環は脱力する。鷹藤はというと、友人たちの馬鹿騒ぎを仕方なさそうに眺めつつビールを飲んでいた。莉乃の呼びかけに、鷹藤が顔を上げる。

「それで手を打とう。だが石岡、俺の頼みごとを聞いてくれるなら、ここの支払いは俺がもつ」

「何ですか？」

「俺の人生がかかってる。環との噂を派手に広げてくれ。そういうのは得意だろ？　お前らも」

ジョッキを持ち上げた鷹藤が、周りを眺めて悪辣《あくらつ》に微笑む。

「わかりました！　そういうのはとっても得意ですから！」

莉乃がジョッキを掲げた。環の今の状況を単純に面白がっているように見えて、憮然とする。

「鷹藤、その噂はどこまで流せばいい？」

「うちの親父殿に届くくらい派手に」

「愛人役は水森でいいんだよな？」

「もちろん」

学生の頃そのままのノリで、皆が盛り上がる。

「そんな面倒なことしてないで、お前らさっさとより戻せよ」

「そうだ、そうだ!! そして、石岡に巻き上げられた俺らの掛け金返せ！」

「それは、まぁそのうち？」

――何が、まぁそのうち、だ！ そんな気なんてこれっぽっちもないくせに。

飛んできた野次《やじ》に適当なことを答えて周囲を煽《あお》る男を、環は胡乱《うろん》な眼差《まなざ》しで眺める。

ここにいる面々は、独立して起業したり、親の会社を継いだりと、各種業界で新進気鋭の若手として注目されているような人間たちだ。そんな彼らが流した噂の影響力は計り知れない。広いようで、日本のビジネス業界は狭かったりするのだ。思った以上に大事《おおごと》になりそうな予感に、環は思わずため息を吐き出した。

「なーに浮かない顔してるのよ？」

一人酒を飲む環を、莉乃が覗き込む。

「別に……」

「別にって顔じゃないと思うけど？ 何、色々と複雑な気分？」

「まぁね」

環の揺れる心ごと、何もかも見透《みす》かしているような親友の言葉に素直に頷く。

「そんなに心配しなくても大丈夫だと思うわよ？　皆、大人になったし、加減はわかってるはずだから。そこまで馬鹿げた騒ぎにはならないわよ。それに、何があっても鷹藤先輩が環のことは守るでしょ」

「それはわかってる」

彼の父親のことを思うと、それが何より心配なのだ——と言ったらこの親友は、一体どんな反応をするのだろう？

「ほら、飲もう？　せっかく皆、久しぶりに会ったんだし。鷹藤先輩のことはあんまり深く考えないほうがいいわよ？　考えるだけ無駄、無駄。それは環が一番よくわかってるんじゃない？」

環の表情に何かを感じ取ったのか、莉乃がジョッキをカツンと合わせてくる。

環は肩を竦《すく》めた。

——それもそうだ。あの男に関しては、深く考えたら負けだ。

「うん。飲もうか、莉乃」

「乾杯」

呷《あお》ったビールは疲れた身体に程よく沁《し》みて、おいしかった。

それからは、久しぶりに会う友人たちと学生時代に戻ったように酒を楽しんだ。

☆

鷹藤が帰国して十日程が経った——

表面上は何事もなく、穏やかに日々は過ぎていった。

変化といえば、仕事のあとや休日に、愛人の噂に信憑性《しんぴょうせい》をもたせるためという理由で鷹藤にあちらこちらと連れまわされることと、寝室がまた一緒になったことくらいだ。

環が管理人として鷹藤に住まわせてもらっていたのは、３ＬＤＫのファミリータイプのマンションだ。かつて一緒に暮らしていた頃はそれぞれ一部屋を自室として使い、残り一室を鷹藤が書斎としていた。

鷹藤がマンションを出て行ってからは好きにしていいと言われてはいたが、鷹藤の気配が残る部屋を勝手にどうこうする気にもなれず、そのままにしていた。

もともと、自分に与えられていた部屋と居間や台所といった共有部分を使うだけで十分だったのだ。そのため鷹藤が使っていた部屋と書斎は掃除くらいで、ほとんど出入りしていなかった。

だから、鷹藤が戻ってくるといっても、部屋の空気の入れ替えと簡単な掃除だけで済んでしまった。

スーツケース一つで身軽に戻ってきた鷹藤は何も変わってない部屋に、「本当にこういうところは変に律儀だな、環は」と苦笑された。

何となく自分の中にある鷹藤への未練を見透《みす》かされたような気がして、居たたまれなさを覚える。

しかし鷹藤はそれ以上何を言うわけでもなく、自分が元使っていた部屋で荷物を片付けていた。

愛人の振りをするための同居は、思った以上にあっさりと再開した。

一つ揉めたのは、互いの自室にそれぞれベッドがあるのに、夜は鷹藤のベッドで一緒に寝るよう言われたことだろうか。

何故かあたり前のように、夜になると寝室に連れていかれる。

だからと言って、最初の夜のように肌を重ねることもない。

セックスも愛人契約のうちと豪語《ごうご》した割に、再会したあの夜のように強引に環をもとめてくることはなかった。ただ本当に一緒に寝るだけ。

一体に何がしたいんだと思う。

別に鷹藤と肌を重ねたいわけではないが、何もなければ何もないで物足りない気がしてしまう。

そんな自分の矛盾《むじゅん》を、環は持て余していた。

Ｐｉｐｉｐｉ
「……っ」

目覚ましの音に、瞼《まぶた》を開く。環はアラームを止めて起き上がった。

寝室に既に鷹藤の姿はなく、部屋の中にほのかな珈琲《コーヒー》の香りが漂《ただよ》っていた。

居間に顔を出せば、案の定ソファに座った鷹藤が優雅に珈琲《コーヒー》を飲みながら新聞を読んでいるのが目に入る。

この三年、滅多に来客もなかった、独り暮らしの女子のマンション。その居間で朝から身支度を整えた男が、朝食の準備も完璧に、新聞各紙を目の前に並べて世界情勢をチェックしている。

どこの映画のワンシーンだよと突っ込みたくなった。

しかし同時に、この光景に違和感がないのが最大の問題だよなと思う。

まぁ、もともとここは鷹藤の自宅なのだから、彼がこの家に溶け込んでいるのは当然といえば当然だ。ただ、すっかりこの光景をあたり前のものとして受け入れている自分をどうかと感じたのだ。別れた恋人と、違和感なくふつうに生活できる自分。その神経の意外な図太さに呆れるばかりだ。

「おはよう。どうした？」

寝室の入り口でボーッとしていると、環に気付いた鷹藤が新聞から目を上げた。

「おはよう。何でもない。ちょっとまだ寝ぼけてるだけ」

「そうか。朝飯、食べるだろう？」

「うん」

「支度はできてるから、顔洗ってこい」

「はーい」

言われるままに洗面所で顔を洗い、それから自分の部屋に戻って着替える。

その間に、居間のテーブルには焼き魚、玉子焼き、ひじきの煮物、みそ汁、そして炊き立てのご飯という純和食の朝食が用意されていた。

——相変わらずお見事。

低血圧で朝はひどく弱いはずなのに、仕事のあるときは環よりも早く起き、数紙の新聞を読んで、日によって和洋中に変わる朝ごはんをきっちりと作る。それが鷹藤の日課だった。

この元飼い主は環のことを本当に猫か何かと思い込んでいるんじゃないだろうかと、たまに本気で思う。

それくらいまめに世話をされている自覚が環にはある。

他愛ない会話をして、もう朝食が終わるというとき、不意に鷹藤が何かを思い出したように言った。

「あぁ、そうだ。環、今日の夜なんだが……」

「何？」

「さっき親父に呼び出しを喰らったからキャンセルしてくれ」

「わかった」

いつもと変わらない表情で食後の珈琲《コーヒー》を堪能《たんのう》しながら言った男の言葉に、環の表情が強張《こわば》る。

大学時代の友人たちのおかげもあってか、環と鷹藤の噂が順調に広まっていたことは知っていた。

だが、情報が鷹藤の父親に届いたのは、環が予想していたよりもずっと早かった。

「大丈夫なの？」

思わずそう訊《たず》ねるが、目の前の男は環の心配などどこ吹く風といった風情《ふぜい》で、にやりと笑っている。

「帰国してからこっち、お前と派手に遊びまわっていた成果がやっと出たんだ。心配しなくても大丈夫だ」

「それなら、いいけど」

余裕の表情の鷹藤に、環はとりあえず頷いてみせた。

鷹藤が大丈夫だと言うならきっと大丈夫だ。

けれど、胸の中のモヤモヤとした不安は消えない。

たった一度だけとはいえ、鷹藤の父親と身近に接した。あのときに感じた冷たさ。

この親子に確執があることを知っているだけに、あまり大事になれば鷹藤の立場も危うくなるのではないかと心配してしまう。

でも、それならそれで清々《せいせい》すると、鷹藤は言うのかもしれない。もともと地位や名誉に執着があるタイプじゃない。

「たーまーき」

俯《うつむ》き加減にご飯をもそもそと食べていた環は、鷹藤の呼びかけに顔を上げた。

真っ直ぐにこちらを見つめる鷹藤が、環と目を合わせてくる。

「俺は大丈夫だ」

いっそ穏やかとも思える口調で、鷹藤はそう言った。

「親父と揉めるのは今に始まったことじゃない。これくらいのことでどうこうなるなら、とっくの昔になっている。だから、そんな顔をするなよ。心配してくれるのは嬉しいけどな。まぁ、そんなに心配してくれるなら今日帰ってきたら褒美《ほうび》くれ」

今までの真面目な雰囲気が嘘のように、不意に色気のある表情を浮かべた鷹藤に、環の顔が赤くなる。

「な、何で私がご褒美《ほうび》をあげなきゃいけないのよ!!」

鷹藤が言うご褒美《ほうび》なんて、どうせろくでもないものに決まっている。

言い返した声が妙に上擦《うわず》ってしまった。

焦る環に、鷹藤がにやりと笑う。

「今、何を想像したんだ？」

「何も想像してないわよ！」

「そうか？」

「してない!! ていうか、そもそも私が愛人の振りをしたのは陽介に頼まれたからであって、どうしてそれが上手くいったからって、ご褒美《ほうび》あげなきゃいけないのよ！ ふつう、逆じゃないの!?」

「まぁ、そうだな。だったら、帰ってきたらお礼してやるよ。たっぷりと。期待しててくれ」

「結構です」

「遠慮しなくてもいいぞ」

「してない!!」

環の反応を面白がるように、鷹藤が声を立てて笑った。

「じゃ、俺は仕事に行くから、後片付けは頼む」

鷹藤は、環が反論するよりも先に上着を着て、部屋を出て行ってしまった。

――誤魔化された。

そう気付いたときにはもう遅い。

環はため息をつきながら二人分の朝食の後片付けを終えた。

自分の部屋に戻り、化粧を始める。

――わかってはいるのだ。環の心配なんて、余計なお世話以外の何物でもないことは。

鷹藤には鷹藤の考えがあって動いている。

環が何かを言ったところで、あの男が言うことを聞くとも思えない。

自分がやりたいようにしか、動かない。鷹藤はそういう男だ。

「予定よりかなり早いけど、次の就職先と家を探し始めようかな」

鷹藤への返済もまだまだ残っているし、この年で無職になるのは正直きつい。

でも、あまり悲壮感《ひそうかん》はなかった。

悲劇のヒロインぶるには、自分の性格は図太すぎるのだ。

環はもう一度ため息をついて、気持ちを切り替えるように顔を上げた。

そして、鏡に映る自分の顔に苦笑する。

決意とは裏腹に、目の前の顔はどこか不安そうな表情を浮かべていた。

それこそ、飼い主がいなくなった猫のようだ。

環は、普段滅多につけない明るめの色のルージュを手にとった。

自分に気合をいれるつもりで、それを唇に引く。少しは顔がマシになったような気がした。

——大丈夫。職なし、家なしになるのは初めてじゃないもの。

今日は帰りに就職情報誌と賃貸情報誌でももらって帰ろうと決めて、環は出社した。

3　野良猫《のらねこ》は雨に濡れて

余計なことを考えたくなくて、環は周りの同僚が引くぐらいの集中力を見せ、仕事に没頭した。

今しなくても大丈夫な仕事まで引き受け、次々とこなす。

ふと気付いたときには、肩と首が鈍い痛みを訴えていた。ずっと書類制作やなんやらでパソコンを使い続けていたせいか、目の奥も痛い。

時計を見れば、定時もとっくに過ぎている。

営業部のフロアには、環と課長、そして営業の一人が日報を書いているだけだった。

——嘘。もうこんな時間？

仕事に没頭していた自分に気付いて、少し休憩しようと環は席を立つ。

廊下に出て、自動販売機と二、三人が座れるソファなどが設置されている休憩スペースに向かった。

誰もいない休憩室は電気も落とされ、暗く静まり返っている。

自販機でココアを買って、ソファに腰を下ろす。

窓から街灯の光が差し込み、休憩室をほのかに照らしていた。疲れた目には、これくらいの仄暗《ほのぐら》さが丁度《ちょうど》いい。

小さくため息を零《こぼ》して、ココアに口をつける。

——お腹空《す》いたけど、今日は夕飯どうしようかな？

鷹藤が帰国してから、夕飯はほぼ外を連れ回されていた。

もう十九時を過ぎている。今から帰って夕飯を作るのも億劫《おっくう》だから、コンビニの弁当にでもするか。

仕事を切りあげても何の問題もないが、鷹藤がいない家に帰るのが何だか嫌で、環はぐずぐずと時間を潰していた。

「水森君、大丈夫？　今日、すごい勢いで仕事しているけど、何かあった？」

不意に課長に声をかけられて、環は顔を上げる。いつの間にか、休憩室の入り口に課長がいた。

「いえ、別に……」

何でもないと首を振る環に、課長は心配そうな表情を浮かべながら休憩室に入ってきた。

「朝からハイペースだったから仕事としては非常に助かったけど、鬼気迫る顔してたから気になってね。何かあるなら相談に乗るよ？」

上司にここまで言われるなんて、今日の自分は一体どんな顔をしていたのだろう。

自分では平気なつもりでいるのに、周りから見るとそんなにおかしいのかと少し心配になった。

「あー、そんな顔しなくても大丈夫。言い方が悪かったね。言葉を変えるよ。陽介と何かあった？」

ストレートに問われて、そういえばこの人は鷹藤の親戚だった、と思い出した。仕事とプライベートを完全にわける人だし、環と鷹藤が別れたあとは鷹藤抜きで上司と部下として付き合っていたせいでつい忘れがちになるが、課長は鷹藤の父方の従兄《いとこ》だ。

確か鷹藤の父親の妹が、課長の母親だったはず。

「何か聞いてますか？」

「うーん？　陽介の奴が、見合いのためにわざわざ呼び戻されたけど、その見合い相手をほったらかしにして、君を愛人だと言って派手に遊びまわっていること、それに親父さんが激怒してるらしい、ってことくらいかな？」

軽い口調で言われて、環はくすりと笑う。

「それでほぼ全部ですよ？」

「そうなの？」

首を傾《かし》げる課長を見上げて、環は確信する。

「課長、本当は全部、知ってるでしょ？」

「まぁねー」

環の言葉を否定せず、課長はブラックの缶コーヒーを自販機で買って、環の横の壁に背を預けて立った。

「で、どうするの？　僕としては育てがいのある優秀な部下を手放す気はないんだけど？」

「そこまでお見通しですか？」

「何年、君の上司やっていると思ってるの」

「約三年ですかね」

「あれ、そんなもんだっけ？　なんか水森君とはもっと長い付き合いの気がしてるんだけどね。まぁ、そこは本題とは関係ないからいいけど」

「そうですね」

課長が缶コーヒーに口をつけて、束の間二人の間に沈黙が落ちる。

そして、環は気付く。この上司が環の様子を心配して、仕事の手を止めてわざわざ様子を見にきてくれたことに。

「親父さんと陽介の確執は、今に始まったことじゃない。あの二人は水と油ほどに気性が違うから、多分修復は無理。そんな親子関係に巻き込んでしまって、親族として大変申し訳ないと思っているよ」

そこまで言って、課長は何か迷うような表情で言葉を切った。

「できれば陽介の前から急に消えることだけはしないでほしい、っていうのは、わがままかな？」

そして課長は、真剣な顔で不意に頭を下げた。

「頼む、水森君」

「課長？　何ですか、急に!!　頭を上げてください！」

焦る環に、課長が苦笑して顔を上げる。

「いやーごめんねー。水森君、覚悟決めるとすごいって話は陽介から散々聞かされているもんだからさ。ついね。ご両親が亡くなったときの武勇伝は聞いてるよ。だから、今回のことが片付いたらあっさり姿消しちゃいそうで、僕としてはいろいろと心配なんだよね」

鷹藤は課長に一体どんな話をしたんだ、と環は頭を抱えたくなった。

「陽介がどんな話をしたかは知りませんが、それかなり誇張されてますからね。信じないでください」

「そうなの？」

「そうです」

「でも、ご両親の遺産を横領した叔父さんたちの尻尾《しっぽ》掴んだうえで、使われた遺産は手切れ金だと啖呵《たんか》切って、東京から追い出したんでしょう？」

「何にもわかってない子どもだったんですよ」

過去の自分の所業を振り返って苦笑するしかなかった。

環が両親を亡くしたのは、大学に入って半年が過ぎた頃だった。

結婚二十周年の旅行に二人で行った先での事故だった。交差点で居眠り運転のトラックに衝突され、二人が乗っていた車は大破し、両親もほぼ即死だったらしい。

突然の訃報《ふほう》に環はひどく混乱して、正直、その頃の記憶には曖昧《あいまい》な部分が多い。

呆然として何もできなかった環に代わって、葬儀やそのほかの事務手続きは、すべて父方の叔父夫婦が担《にな》ってくれた。

母方の祖父母は環が幼い頃に亡くなり、父方の祖父母は高齢で夫婦揃って施設に入所していたため、その当時、未成年の環が頼れた親族はその叔父夫婦だけだった。

だから、叔父夫婦が環の後見人になると言ってくれたときはありがたいと思って、その申し出を受け入れたのだ。

それが多分、間違いの元だったのだろう。

気付いたときには、すべてが遅かった。

環の自宅に上がり込んだ叔父夫婦は、両親の四十九日が済む頃にはその本性を露《あら》わにしていた。

環が相続するべき遺産や、事故の相手方から支払われた保険金、両親が環のために積み立てていた学資保険、その他すべての資産が、叔父夫婦により現金化されていた。

あとで知ったことだが、不景気のあおりで叔父は会社をリストラされていたそうだ。生活費を賄《まかな》うために株に手を出して、失敗。さらに無茶な取引に手を出してと、当時の叔父夫婦はかなりの借金を背負っていたらしい。環の両親の遺産のほぼすべては、その借金の返済に充《あ》てられていた。

それだけなら情状酌量《じょうじょうしゃくりょう》の余地があった。しかし、借金を返済してもまだ残った環の両親の遺産で、彼らはタガが外れたように遊びまわり始めたのだ。

それはまでは清楚《せいそ》でつつましい格好をすることが多かった叔母が、派手なブランドものに身を包み、環を厄介者のように扱い始めたことで、ようやくそれに気付いた。

さすがにおかしいと調べてみれば、遺産はほぼ残っておらず、両親の形見すらも現金に変えられていた。

訴えることはできた。証拠を揃えることもできたが、環はそれをしなかった。

代わりに環がやったのは、それを手切れ金に叔父たちと縁を切ることだった。

両親を亡くしたばかりの未成年を食い荒らすような親戚に、二度と関わりたくない。

十代ならではの潔癖さで、環は叔父夫婦を切り捨てた。

業務上横領の罪で訴えられたくなかったら今すぐ東京から去れ、と証拠を叩きつけて、叔父夫婦を追い出した。

環の手元に残ったのは、母の形見の指輪一つと、父親が大事にしていた本一冊だけ。

「挙句自分が無一文になって、宿なし、職なしで彷徨《さまよ》ってたら世話ないですよ。陽介に拾ってもらってなければ、今頃どうなっていたか」

「まぁ、そうなんだけど。でも、水森君の性格的に、叔父さんたちの境遇に同情してた部分もあるでしょ？　だから、訴えなかった。やり直してほしかったんじゃないの？」

課長の言葉に、環は無言で肩を竦《すく》める。

自分はそこまでお人よしじゃない。叔父夫婦に更生する機会をあげたつもりもない。

ただ、両親を亡くした直後の混乱していた環を、叔父夫婦が親身に世話してくれたのは事実だ。

あの優しさが見せかけだったとは思えないし、思いたくない。

事故の相手から支払われた保険金があれほど高額でなければ、叔父夫婦もあそこまでおかしくなることはなかったかもしれない。

金はときに人の理性を狂わせるのだと、あのとき環は知った。

少し冷めてしまったココアを飲む。

二人の間に再び沈黙が落ちた。

「そういう水森君だから、陽介は惹かれたのかな？」

課長を見上げると、彼はどこか遠くを見る目をしていた。

「俺が言うのもなんだけど、うちの親族って金に汚いのね。もう本当に骨肉《こつにく》の争いっていう言葉がぴったりでさ。うちの親はそういうことに嫌気《いやけ》がさして、早々に出世ゲームとかからは離脱してるんだけど。本家の長男である陽介は、そのど真ん中でドロップアウトさせてもらうこともできずにいる。大学四年の頃までは結構張りつめてて、俺も心配してた。でも、水森君に出会ったあたりから雰囲気が変わったんだよね。なんていうのかな？　肩肘張らなくなったというか、柔らかくなったというか。うーん、難しいな」

どう言ったらいいかわからないなと、課長が苦笑する。

「うん。とりあえず、これからも水森君には陽介を傍《そば》で支えてあげてほしいってことと、何か今、心配なことがあれば勝手に結論出す前に相談してほしいってことなんだけど」

「結論、いきなり飛躍してませんか？」

「してるねー。まぁでも、俺の言いたいことはそれだけだからさ」

課長の口調には、お金持ちだからこその苦労や葛藤《かっとう》、そして環や鷹藤への心配などが滲《にじ》んでいた。

感謝の念と同時に、迷惑をかけられないという思いが環の中に芽生える。

「ありがとうございます。終わるときの覚悟は色々と決めてますけど、課長にはご迷惑をかけないように頑張りますね。ちゃんと引き継ぎその他はして辞めますから」

深刻にならないように軽い口調で答えれば、課長の表情が曇った。

「いや、できればそういう覚悟を捨ててほしい、って話なんだけど？」

「でも、陽介のお父さんが本気になったら、私なんて吹けば飛ぶほどの軽い存在だと思いませんか？」

「それを言われると辛《つら》いところだね。でも、陽介は君のことをちゃんと守ると思うよ。それは信じてあげて？」

「知っています。だからこそ甘えちゃダメなんですよ。戦うって決めたら、とことんまで戦っちゃう男ですから。たまたま昔拾った野良猫《のらねこ》のために、将来を潰すことはないと思いません？」

「いや、あのね。あいつにとって君は十分戦う――」

「私はたまたま拾われた野良猫《のらねこ》ですよ」

課長の言葉をさえぎって、きっぱりと告げる。

「確かにお父さんとの仲は修復不可能になっているのかもしれません。でも、なんだかんだ言いながら、陽介は今の仕事をとても大事にしています。それを、こんなつまらないことで捨てる必要はないと思うんです。ご心配かけてすみません。でも、私は大丈夫ですよ？　家なし、職なしになるのは初めてじゃないですしねー」

微笑む環に、課長がひどく困ったような顔をした。

「僕、もしかして余計なお世話だったうえに、水森君の背中を押しちゃった？」

「いいえ。元からしている覚悟ですよ？」

「うーん。水森君って、思った以上に難しいね。陽介が手を焼くわけだ」

課長は苦笑して肩を竦《すく》めた。

「どういう意味ですか？」

「わからないなら、わからないでいいよー。ただ陽介のことで何か困ったら、僕でも誰でもいいから一人で抱え込まないで相談して？」

「ありがとうございます」

「さて、僕はそろそろ帰るよ。水森君も今日はもう帰って。これ以上の残業は認められない」

「はい」

課長は環の頭にポンと手を置いて、休憩室を去って行った。

その手の置き方が、何となく鷹藤と似ている気がする。頭に手を伸ばして、乱れてもいない前髪を整えた。

環は飲み終わったココアの缶を手の中でくるくると回しながら、ソファの背に頭をのせて、天井を見上げてみた。

思い出した過去に、自然とため息が零《こぼ》れる。

『懐《なつ》かない野良猫《のらねこ》を拾ったようなもんだ。拾った責任は最後まで取るから気にするな』

そう言って笑う男の真意が見えないまま、ここまできた。きてしまった。

でも、そろそろ決着をつけるべきときかもしれない。

弄《もてあそ》んでいたココアの缶を握りしめて、立ち上がる。

そして自販機の横のごみ箱に、思い切りよく缶を放り投げる。綺麗な放物線を描いて、ココアの缶はごみ箱に落ちた。

それに満足感を覚えて、休憩室を出る。

放り投げた缶と一緒に、溜まっていた鬱屈《うっくつ》がほんの少しだけ振り捨てられた気がした。

課長に言われたこともあり、環はデスクに戻ると帰り支度をして、会社を出る。

もう二十時になろうかという時間だ。

外に出ると、雲行きが怪しくなっていた。空気も水分を含んで、重くまとわりつくように感じる。

そういえば、今日は夜から雨が降ると天気予報で言っていた。だけどそんなに遅い帰宅にはならないだろうと思い、環は傘をもっていなかった。

家に辿り着くまで天気がもってくれることを祈りつつ、環は足早に駅に向かう。

歩きながら考えるのは、今日の夕飯のことだ。

さっき課長と話したことで、少し気分が落ち着いていた。久しぶりに料理するのもいいかと思い始める。

——うちに何あったかな？

冷蔵庫の中の食材を思い浮かべていると、「水森環さん？」と不意に背後から声をかけられた。

「はい？」

振り返ると、環を呼び止めたのは見知らぬ女性だった。

上品で清楚《せいそ》なその人を見た瞬間に、あぁ、彼女が鷹藤の見合い相手だと環は直感的に悟る。

街灯に淡く照らされた彼女は、女の環から見てもとても綺麗だった。

腰まである長い黒髪に、切れ長の瞳。すっと通った鼻筋。清楚《せいそ》なナチュラルメイクに、淡い色合いのスーツ。現代の大和撫子《やまとなでしこ》という表現がぴったりで、環は思わず見惚《みと》れていた。

「いきなりぶしつけに呼び止めてすいません」

「いいえ」

動揺するあまり、前にもこんなことがあったなと思い出していた。あのとき環を待っていた相手は、鷹藤の父親だった。

この状況に嫌な予感しかしない。それでも、環はその場から動けなかった。

目の前の女性をまじまじと観察して、思う。あの元飼い主は、こんな美人に想われて何が不満なんだろう。

父親が選びに選んで認めた美しい婚約者――天涯孤独《てんがいこどく》な環とは、何もかもが違う人。

『ただの大和撫子《やまとなでしこ》じゃあ、俺の結婚相手としては面白くない』

鷹藤の言葉を思い出すが、この人は多分、耐えるだけの大和撫子《やまとなでしこ》じゃない。

愛人と言われる環の前に、堂々と会いにくるだけの強さをもっている。

どう見ても鷹藤好みだと思うのだが、本当に一体何が気に入らないんだ。

一瞬のうちに、そこまで環が考えたとき、「はじめまして、わたくし、高山佐奈美《たかやまさなみ》と申します」と丁寧《ていねい》に頭を下げられた。つられるように環も頭を下げる。

「はじめまして、水森環です」

そう言ってから、自分は何をのんきなことをしているんだと今さらながら動揺した。

「陽介さんがとてもお世話になっていると聞いて、一言、ご挨拶《あいさつ》をと思いまして」

顔を上げて、真正面から環を見つめる佐奈美。背中に冷や汗が流れる。

――これはあれか。正妻が愛人にご挨拶《あいさつ》的な何か……

どう反応していいかわからず、環は言葉に詰まった。

――こういう場合は何て返せばいいの？　ご丁寧《ていねい》にどうも？　いや、何様だよ私。

「ご存知かもしれませんが、わたくし、先日、陽介さんと婚約しましたの。彼のお父様もこの縁談には大変乗り気で、あとは婚約発表の時期を見計らってる状況なんです。陽介さんと私の婚約発表と同時に、うちのたかやま食品工業と彼のお父様の会社で新事業を起こす話も出ています。その事業は、陽介さんの今後に大きな発展をもたらしてくれるとわたくしは信じてますの」

一言、一言、環に言い聞かせるように佐奈美が語る未来に胸が痛くなる。

素直に羨《うらや》ましいと思った。

ほしいものをほしいと言えるその躊躇《ためら》いのなさと、欲した未来が揺るぎないものと信じられる彼女の強さが――

そして同時に、挫折《ざせつ》を知らない人なのだとも感じた。

だから、平然と環の前に姿を現すことができるのだ。

「ですから、どうしてもあなたに一言申し上げたくて」

「何でしょうか？」

その先の言葉は、何となく想像がついた。

佐奈美がにっこりと微笑む。だが、その目は全く笑っていない。

「孤児のくせにあの人にまとわりつくなんて、身の程をわきまえなさいよ!!」

本能的に危険を感じて、環は一歩後ろに下がろうとした。

だが、佐奈美のほうが早い。手にもっていたエルメスのバーキンが振り上げられる。

佐奈美の動きがスローモーションのように見えた。

まずい、そう思って咄嗟《とっさ》に、環は目を閉じた。できるだけ佐奈美から顔をそむけて、奥歯を食いしばる。

「……っ!!」

次の瞬間、左頬に衝撃がきた。目の前に一瞬星が飛ぶ。

もっていた鞄《かばん》が道路に落ちて、中身が道路に飛び散った。

倒れ込んだ環に、周囲の人々が驚いて足を止める。

一瞬、ざわざわと周りが騒がしくなったが、関わり合いになるのを恐れるように、人々は足早に去って行った。

「薄汚い泥棒猫みたいな女には、言葉よりも痛みでお伝えしたほうが効果的でしょう?」

高みから見下ろす態度で、そう嗤《わら》われる。

——だからってふつう、鞄《かばん》で殴る？　初対面の人間を？　ていうか、泥棒猫って現実で言う人初めて見たわ。

変なことに感心する環の耳に、好奇心なのかなんなのか通りすがりの何人かが、「喧嘩？」「キャットファイト？」「女同士でスゲー」など囁《ささや》き合っている声が聞こえてきた。

いきなり鞄《かばん》で殴られて転んだというのに、冷静に周りの様子を窺《うかが》っている自分に、環は呆れる。

幸いだったのは、お嬢様の腕力がたいしたことなかったことと、お嬢様の鞄《かばん》の中身があまり入っていなかったことだろう。

確かに痛みはあるが、歯や口の中に異常はなさそうだった。

どちらかというと、転んだときに打った膝のほうが痛い。

ストッキングが伝線していて、せっかく下ろしたばかりだったのにと、天を仰ぎたくなる。

楚々《そそ》とした見た目に反して、鷹藤の婚約者はとんでもない性格をしているらしい。

さっき彼女を羨《うらや》ましいと思ったことも、鷹藤好みと思ったことも撤回しよう。

いくら愛人と噂されている相手に対してとはいえ、これはないと思う。

彼女のこういう部分を、鷹藤は感じとっていたのかもしれない。だから、回避した。

——せめてこういう情報は寄越せ、馬鹿!!

心の中で悪態をついて、環は上半身を起こす。そして、散らばった荷物を拾った。

気をもんだ自分が馬鹿馬鹿しくなる。

「これでよくおわかりになったでしょう？　あなたみたいな孤児は、あの人にはふさわしくありません。さっさと彼のもとから去ってくださいな。これ以上あの人にまとわりつくのなら、これくらいではすみませんよ？」

あくまでも上からの彼女の言葉に、環の堪忍袋《かんにんぶくろ》の緒《お》が切れる。

——孤児、孤児うるさいっつーの！

環はただ、人より両親との別れが少しだけ早かっただけだ。

それをこうまで悪《あ》しざまに言われて、こんな目に遭《あ》う謂《いわ》れはない。

「言いたいことはそれだけですか？」

環は拾い上げたスマートフォンのレコーダーアプリを、ひそかに起動する。

——性格悪いな自分。

散らばった荷物を全部回収したことを確認して、環は膝を払ってゆっくりと立ち上がる。

「何ですの、その言い方？　あなたご自分の立場をわかってらっしゃるの？」

泣くでも詫《わ》びるわけでもなく、淡々とした態度の環に、佐奈美が苛立《いらだ》ったようにヒールの踵《かかと》を鳴らした。

「あなたよりはわかっているつもりですけど？　むしろあなたのほうが、ご自分の立場をわかっていないんじゃないですか？　こんなことして」

挑発するようににっこりと微笑んでやる。笑った瞬間に左の唇が引きつって痛みを覚えた。

どうやら切れているらしい。顔を顰《しか》めたくなるが、なんとか堪《こら》える。

——笑え。嫌味なほどに艶《あで》やかに、不敵に微笑め。

「どういう意味ですの？」

腕を組んで笑う環に、佐奈美が怪訝《けげん》そうな顔をする。

「いきなりやってきて、人のことを鞄《かばん》で殴るって、一体どういう教育されてきたんですか？　育ちがよくわかります。これって立派な傷害ですよね？　警察に訴えた場合、罪に問われますよね？　まぁ、警察に言わなくても陽介に言えば、あなたと結婚したいなんて死んでも思わないでしょうけど」

「なっ!!　陽介さんに言うだなんて!!　あなた、わたくしを脅迫するつもりですの!?」

環に反論されると思ってなかったのか、佐奈美の顔が真っ赤に染まっている。

わなわなと震えて大声を出す彼女に、環は怒りよりも先に呆れを覚えた。

――こりゃダメだ。陽介が避けるわけだ。

鷹藤の父親も人を見る目はないな、と冷めた気持ちで思う。家柄と社にとっての利益だけで選んだのかもしれないが、いくらなんでもこのお嬢様に大企業トップの妻は務まらない。

何よりも、鷹藤が相手にするわけがない。

見た目がどんなに美しくても、彼女の精神があまりに幼いことが、今の出来事でよくわかる。

たかやま食品工業といえば、日本でも有数の食品会社だ。高級品と言われる食材や菓子を手広く製造販売している。それだけではなく、自社で取り扱う食材を使ってのレストランも全国展開中だ。デパートでたかやま食品を取り扱っていないところはないと言われているほどの有名メーカー。確かに、たかやま食品と繋《つな》がりができれば、鷹藤グループとしても大きな利益になるだろう。

そんな大企業の令嬢だ。自分の思い通りにならなかったことなど何一つなかったに違いない。

でもだからこそ、一般の常識がないのだ。

鞄《かばん》で人を殴るような暴挙をこんな人通りの多い駅前で仕出かしておいて、自分が訴えられる可能性をみじんも考えていないとは。

いやもしかして、今までこういう犯罪まがいのことをしても、親がもみ消していたのかもしれない。

その可能性に思い至って、環は頭を抱えたくなった。

――厄介だ。これはものすごく厄介だ。

「これは脅迫じゃないと思いますけど？　あなたが私を鞄《かばん》で殴ったのはれっきとした事実で、私は被害者です。あなたのことを訴えることもできますよ」

「あなたを殴ったことなどお父様に頼めば、なかったことにできますわ！　わたくしたちにはそれだけの力がありますの。あなたみたいな孤児とは違って！」

それまでわなわなとしていた佐奈美が不意に勝ち誇った様子で、高らかに宣言した。

――あぁ、ダメだ、本当にこれ。

自分の予想を裏づける佐奈美の言葉に、環はうんざりとため息をつく。

たかやま食品の社長は一人娘を溺愛しているという噂を、環は思い出した。

――親馬鹿にもほどがあるっつーの。いや、これは馬鹿親か。

まともに相手にするのもだんだん面倒になってきた。

とりあえず、佐奈美が環を殴ったと自分で認めた発言は、録音できているはず。

それだけあれば今は十分だと、環は冷静に考える。

あとは佐奈美の言動に恐れ入った振りで引き下がり、これを鷹藤に渡すだけだ。鷹藤ならば、この録音データを使って自社に有利な契約を結んだ上で、このお嬢様との婚約を回避できるだろう。

冷静にそこまで計算する自分の性格の悪さを自覚しつつ、環は締めに入った。

「あぁ、そうですか。ではいくらでもお父様に泣きついてください。私は陽介にこのことを報告するだけですから」

「あなたみたいな孤児の言うことを陽介さんが信じるとでも思ってるんですの⁉」

「さぁ？　少なくとも私がいるからあなたとは結婚したくないという程度には愛されてますから？」

だが、自分では冷静になったつもりでいても、環の頭は沸騰《ふっとう》していたらしい。ここが引き際だと思っていたのに、つい言わなくてもいい一言を放ってしまった。

「……っ‼」

佐奈美の形相が般若《はんにゃ》のように歪《ゆが》み、鞄《かばん》をもった片手が再び振り上げられる。

今度は佐奈美の動きを予測して、環は後ろに下がって鞄《かばん》を避けた。そう何度も殴られるのはごめんだ。

勢いよく腕を振った佐奈美は、その矛先《ほこさき》を失ってバランスを崩した。

今度は佐奈美が道路に転がる。

「……痛い‼」

無様《ぶざま》に転んだ佐奈美が悲鳴を上げる。

——これじゃあどっちが悪役かわからない。

そう思ったが、同時にこれでお互い様だとも思った。

「佐奈美さま!!」

人ごみの向こうから、佐奈美に向かって駆け寄ってくる男性が見えた。

これ以上このお嬢様に関わると面倒なことにしかならないと判断して、環はさっさと佐奈美に背を向ける。

「待ちなさいよ、この卑怯者《ひきょうもの》!!」

背後で佐奈美の罵声《ばせい》が聞こえてきたが、知るかと思って環は駅に駆け込んだ。

改札を早々に抜けてホームに上がれば、丁度《ちょうど》電車がきたところだった。

そのまま人の波に従って、電車に乗り込む。

佐奈美は追ってはこなかった。そのことにホッとする。

帰宅ラッシュも終わった電車内は思ったよりも空《す》いていて、環は車両の一番端に座ることができた。

一息ついて、自分の姿を見下ろす。

佐奈美に殴られて転んだせいで、スーツは泥まみれで、ストッキングは伝線している。その上、今まで気付かなかったが膝から血が滲《にじ》んでいた。転んだときに擦《す》りむいたらしい。

外の暗さで鏡面になっている窓を見やれば、左の唇は切れて、頬は赤く腫《は》れ始めていた。髪も乱れている。

電車内にいる人々の視線がそれとなく集まってきているのを感じた。

いたたまれなさにせめてもと、環はかんざしを引き抜いて髪をおろした。そして俯《うつむ》いて、目立つ傷跡を隠す。

鞄《かばん》から取り出したハンカチで、膝の傷を止血した。

汚れたスーツや伝線したストッキングは、今はどうしようもないから諦めた。

少しでも人の視線から逃れたくて、環は電車の片隅で小さく身を縮める。

自宅の最寄り駅に着いて外に出た途端、今まで何とかもっていた空から雨粒が落ちてきた。

雨は一気に激しさを増す。

――今日は本当についてない。

コンビニで傘を買おうかと考えたが、この格好で店に入るのはひどく億劫《おっくう》だ。

マンションまでは歩いても十分。走ればもう少し早く着く。

どうせ既に服も身体も汚れているのだから、雨に濡れるくらい今さらだ。環はそのまま自宅へと走り始めた。

マンションに辿り着いたときには、全身は絞れるぐらいにぐっしょりと濡れていた。

自分の選択をちょっとだけ後悔しながら、エントランスに駆け込む。

鷹藤が帰ってくる前に、この姿を何とかしたかった。

この惨《みじ》めな姿を元飼い主には見られたくない。

今日、鷹藤が父親と出かけてくれていてよかったと心の底から思った。そうじゃなければ、何があったか一から説明しなくてはならない。

あとで、佐奈美との会話を録音したデータを渡すつもりではいるが、今はまだ感情が波立っていて冷静に話ができそうになかった。

しっかりと仕返しもした。だから、殴られたことについて気持ちが乱れているわけではない。

今、環が覚えている感情は、惨《みじ》めさと哀しさ――そして、あたり前のように甘やかしてくれる両親がいる佐奈美に対する嫉妬《しっと》だった。

――早く部屋に戻って熱いお風呂にでも入ろう。そうすればきっと、心の中に渦《うず》巻くこの真っ黒い感情も落ち着くはずだ。

こんなみっともない自分を、あの男にだけは知られたくない。

そう思って玄関のドアを開けた環は、居間の電気がついていることに気付いて眉を顰《ひそ》めた。

視線を彷徨《さまよ》わせれば、鷹藤の靴が揃えて置かれているのが見えた。

環の予想よりもかなり早く、鷹藤は帰宅していたようだ。

――このままじゃまずい。

鷹藤が玄関にくる前に、バスルームに駆け込もう。

「環、帰ったのか？　雨、大丈夫だったか？」

居間から鷹藤の声が聞こえてきて、環は焦る。

「ただいま。早かったわねー。雨に濡れちゃったから先にお風呂に入る」

何事もなかったように返事をしながら、環は素早く靴を脱ぐ。

濡れたストッキングで廊下が汚れるが、今は構っていられない。

あとでちゃんと掃除をするからと自分に言い訳して、バスルームに駆け込もうと短い廊下を走った。

「環?」

しかし環がバスルームに辿り着く前に、鷹藤が居間の扉を開けて顔を出した。そして、驚きに目を瞠《みは》る。

「どうした、一体何があった?」

慌てた様子で鷹藤に問われて、環は俯《うつむ》く。

――やっぱり誤魔化せないか。

環は鞄《かばん》からスマートフォンを取り出して、鷹藤の胸に押しつけた。

「何?」

スマートフォンを受け取った鷹藤が、怪訝《けげん》な顔をする。

「これ聞いて。多分、今回の縁談を破談にできるだけの内容が録音されているはずだから。陽介なら上手く使えるでしょ?」

「環?」

「ごめん。今は、話をしたくない。身体冷えたからお風呂に入ってくる。それと悪いんだけど、廊下濡らしちゃったから掃除お願い」

それだけ言うのが精一杯だった。

これ以上、この場にいれば泣き出してしまう。

環が両親を亡くしたのは事故だった。なのに、そのことがまるで環の責任のように責め立てられる。

鷹藤と一緒にいるせいで、いつも自分が傷つけられているような気さえしてしまう。

両親がもう亡くなっていることも、彼とつり合いが取れないと周りから責められるのも、鷹藤のせいじゃない。

自分の責任ではどうしようもないことを責められ、鷹藤を想うこの気持ちすらも歪《ゆが》んでしまいそうだ。

そんな自分の卑屈さがたまらなく嫌だった。

こんな感情は好きな男には見せたくない。

だから、今は一刻も早く鷹藤と離れたかった。冷静になる時間がほしい。

――少しだけ。ほんの少しでいいから一人にして。

だけど、バスルームに逃げ込もうとしたところで腕を掴まれた。

「私ずぶ濡れだから、陽介、服濡れるよ?」

鷹藤の胸元に手をついて、少しでも距離を取ろうと足掻《あが》く。顔の傷を見られたくなくて、環は鷹藤から必死に顔を逸《そ》らした。しかし、鷹藤は環の顎《あご》を掴んで強引に上を向かせる。

「殴られたのか?」

赤く腫《は》れ、切れた唇に、鷹藤の表情が険しくなる。

「見た目ほど痛くないから大丈夫」

しぶしぶ答えれば、鷹藤の目が眇《すが》められた。鷹藤の本気の怒気がびりびりと肌を通して伝わってきて、環は気まずさに瞼《まぶた》を伏せる。

「たかやま食品の馬鹿娘か？」

鷹藤は逃げようとする環を許さずに、鼻先の触れる距離まで顔を近づけてきて、環の傷の様子を確かめる。

「噂に食いついてきたんだから、愛人作戦は成功したみたいよ。早々に問題が片付きそうでよかったわね」

皮肉気に微笑んでそう言ったが、鷹藤の表情は晴れない。それどころか、ますます表情を険しくする。

「いいわけあるか！　プライドが高いと聞いていたから、見合い相手に愛人がいるってわかったら怒って破談にするって思っていた。こんなことになるなんて想定外だ」

自分の読みの甘さを悔《く》いるように、鷹藤が環の頬を撫でる。

「あのお嬢様のことがわかってたなら、先にもっと情報をちょうだい」

「すまん」

珍しく素直に謝った男は、視線を合わせようとしない環の両頬をそっと持ち上げた。こつりと額《ひたい》が合わさる。

「痛いか？」

「だから、たいして痛くないって言ってるでしょ」

「環は時々嘘つきだから、信じられない」

「陽介だけには言われたくない」

「そうだな」

「離して」

「いやだ」

鼻先が擦《す》りあわされて、環の我慢が限界を超えそうになる。

涙が溢《あふ》れそうだ。

環は奥歯を噛んで、何とか涙を堪《こら》えた。

「今は……今は、慰《なぐさ》めも同情もいらない」

「知っている」

「だったら離して」

「嫌だと言ってる」

泣きたいのに一人で泣くことも許してくれない男に、苛立《いらだ》ちを覚える。

これは八つあたりだとわかっている。それがわかっていても、もう自分の感情をコントロールできそうになかった。

「一人で泣く時間くらい寄越しなさいよ!!」

「それなら、なおさら絶対に離さない」

暴れる環を、鷹藤は抱きしめた。骨が軋《きし》んで悲鳴を上げるほどの力で。

『泣いていい』

言葉にされない一言を感じた。

でも環は、意地でもこの腕の中でだけは、泣きたくないと思った。

もし今、ここで泣いてしまえば、きっと後戻りできなくなる。

すべてを捨てる覚悟はあっても、この腕の中にもう一度囚《とら》われることは怖くて仕方ない。

だって、ここはあまりに居心地がいいのだ。

離れていくとわかっている腕に囚《とら》われるほど怖いことはない。

だけど、もう我慢も限界だった。

「環が慰《なぐさ》めを必要としてないのはわかっているが、俺が慰《なぐさ》めたいんだから諦めろ」

その一言に、涙が溢《あふ》れた。

鷹藤が環の頭をそっと抱き込む。

「な……なん……なのよ！　……あ……の……お嬢……さま！」

一人で泣かせてもくれない男に、環は自分の中で渦《うず》巻く怒りをぶつける。

「……いきなり……やって……きて……人のこと……孤児、孤児……罵《ののし》っ……てき……て。あ……げ……く……人……の顔……鞄《かばん》……で殴……って……どん……な教育……されてる……のよ！　本当に……あり……えない……だけど……!!」

嗚咽《おえつ》まじりの言葉は途切れ途切れで、自分でも何を言っているのかわからない。

それでも鷹藤は余計な相槌《あいづち》を入れることもなく、濡れて張りつく環の髪を梳《す》いて、頭を撫でる。

「私……は……私は……孤児……じゃ……ない!!」

感情を爆発させた環は鷹藤の胸を拳《こぶし》で打つ。

かなりの痛みがあっただろうに、鷹藤は黙って受け止めていた。

「あぁ、そうだな。ごめん、環。俺のせいで傷つけて、ごめん」

「陽介が謝らないで!!」

叫ぶ環の腰を、鷹藤がぎゅっと抱きしめる。

鷹藤に謝られると、環は余計に惨《みじ》めになってしまう。

「悪い」

環の心を過《あやま》たず受け取った男は、それ以上はもう何も言わなかった。

環はまるで子どものように大声を上げて泣いた。

その間鷹藤はずっと、環の悲鳴を受け止め続ける。

どれくらい泣いたかなんてわからない。十分くらいだったかもしれないし、一時間だったかもしれない。

気付けば環は、廊下に座り込んで胡坐《あぐら》をかく鷹藤の上にいた。

両親を亡くしたときですら、ここまで大泣きはしなかった。

声も嗄《か》れて、鼻水がぐずぐずと流れている。目元も腫《は》れぼったい。

きっと今の環の顔は、ものすごくひどいことになっている。

――明日の朝はもっとひどい顔してそう。仕事行けないかも。

殴られた頬も熱っぽい。

疲れ切った身体を鷹藤に預けて、ぼんやりと考える。泣きすぎたせいで、頭まで痛くなってきていた。

「寒い」

ぽつりと呟く。雨に濡れた身体は、すっかり冷え切っていた。

「このままじゃ風邪ひくな。風呂入るか」

「うん」

返事はするが、自分からは一歩も動けそうになかった。

心の中に溜まっていた澱《おり》を吐き出すだけ吐き出して、環は空っぽになっていた。

ぬくもりを求めるように鷹藤に指を伸ばし、男のシャツを握りしめる。

「寒い」

もう一度呟いて、鷹藤のシャツに頬を押しつけた。

環のせいで、鷹藤のシャツもぐちゃぐちゃだ。

「大丈夫か？」

問われて環は顔を上げた。吐息の触れ合う距離で、鷹藤と見つめ合う。

ゆっくりと近づいてくる唇に、目を閉じた。

唇に鷹藤の吐息が触れる。

左の唇に、触れるだけの口づけが落とされた。

ざらりとした舌で切れた唇を舐められて、引きつった痛みを覚える。

「痛いか？」

吐息だけで問われて、環は何も言わずに首を横に振る。

たとえ痛くても、今はこのぬくもりに縋《すが》っていたかった。

もう涸《か》れたと思った涙がまた溢《あふ》れだしそうだ。

環が傷つけられる原因は、いつだって鷹藤だ。だけど、この痛みも悔しさも、慰《なぐさ》められるのは鷹藤だけ。

そのどうしようもない矛盾《むじゅん》に、心が揺れる。

何度泣いても、何度傷つけられても、環は鷹藤が好きだった。

好きだから傷つくのだ。自分はこの男にふさわしくないと言われて、自分に自信がもてなくなって。

でも、あのお嬢様には負けたくない——そう思った。

家柄や美貌では敵《かな》わないかもしれない。だけど、この男を好きな気持ちでは絶対に負けない。

環は、今度は自分から鷹藤に口づける。

もうこの想いから逃げることも、誤魔化すこともできない。

そろりと鷹藤の口の中に舌を差し入れて、その綺麗に整った歯列をなぞった。

途端、痛みを覚えるほどの力で抱きしめられた。口づけがどんどんと深くなる。

たかやま食品のお嬢様に殴られたショックや怒りが、鷹藤とのキスで別の情動にすり替わっていく。

抱きしめられて、肩や背中を撫でられるだけで、肌が熱を上げる。

重ねた胸の鼓動の速さが鷹藤に伝わるような気がして、落ち着かない。

唇が離れた。

もっと触れていたいと思ったが、鷹藤は無言で立ち上がった。

離れていったぬくもりに寂しさを覚えれば、苦笑した鷹藤が環に手を差し出してくる。

「陽介?」

「そんな顔するな。風呂、入ろう。このままじゃ本当に風邪を引く」

「じゃあ……陽介が温めて……」

環は鷹藤の手に指を絡《から》めてそう言った。

言ったあとで、大胆な発言をしたことに気付き、環は鷹藤の目を見られずに俯《うつむ》いた。

頭の上に鷹藤の嘆息《たんそく》が降ってきて、環の身体がピクリと震えた。

動揺して下を向いたままだった環の頭が抱きしめられ、額《ひたい》を鷹藤の肩先に押しつけられる。

「あのね、環。俺も結構今、落ち込んでるんだわ。だから正直、環に優しくしてやれる自信がない」

「別に優しくしてほしいなんて言ってない。慰《なぐさ》めるって言ったんだから責任とってよ」

拒《こば》まれたわけじゃないと知ってホッとする。

鷹藤の部屋着の裾《すそ》をぎゅっと掴むと、旋毛《つむじ》にキスが落ちてきた。

「わかった。でも、とりあえずシャワーだけでも浴びてこい。風邪引いたら困るだろう？　そのあとにちゃんと責任をとるよ」

濡れた吐息とともに囁《ささや》かれた言葉に、環の耳朶《じだ》が熱くなる。

手を引かれて、脱衣所に押し込まれた。

環は鷹藤に言われるまま濡れた服を脱いで、シャワーを浴びる準備をする。

ストッキングを脱いで確認した膝は擦《す》り向けて、内出血で色を変え始めていた。

伝線したストッキングをごみ箱に捨てて、濡れた衣服を洗濯機に放り込む。そして、バスルームに入った。

温《ぬる》めのお湯で膝の傷の周囲を丁寧《ていねい》に洗ってから、シャワーの温度を上げる。

熱い湯が降り注ぎ、雨で冷え切っていた肌が痺《しび》れたような感覚を覚えた。

ゆっくりと血が巡り始めて、身体がぬくもりを取り戻す。

環は髪から身体へと、丁寧《ていねい》に洗った。

そして十分に温まってから、バスルームを出る。

大判のバスタオルを身体に巻いて、髪をドライヤーで乾かす。

鷹藤が着るものを用意してくれていた。

下着を身に着けて、ワンピース型の部屋着を頭からかぶる。

バスルームを出て真っ直ぐに鷹藤の寝室に向かおうかと思ったが、居間に人の気配を感じて、そちらに行くことにした。

居間に入ると、対面式になっているキッチンに鷹藤が立っていた。

「ちゃんと温まってきたか？」

「うん」

環に気付いた鷹藤が顔を上げる。

部屋にはおいしそうなコンソメの匂いが漂《ただよ》っていた。その匂いに胃が刺激されて、環は空腹を思い出す。

「夕飯、まだだろう？　ソファに座れ」

そう言って、鷹藤は大きめのスープマグを手にキッチンから出てきた。

「ほら、熱いから気を付けろ」

ソファに座った環は、スープマグとフォークを差し出されて受け取る。

マグには、肉団子と野菜のスープが入っていた。

カップをもつ指先が、じんわりと熱を感じはじめる。

「ありがとう」

「環がそれ食べている間に、俺もシャワーを浴びてくる」

「うん」

先ほどまでの艶《つや》めいた雰囲気がなくなっているような気がして、環は肩透《かたす》かしを食らったような気持ちを覚えた。

でも、これでよかったのかもしれない。

荒れる感情のまま助けを求めてしまったことを、今の環はほんの少しだけ後悔していた。

俯《うつむ》いてスープを覗き込んだ環の頭上に、鷹藤の手のひらが乗せられる。

「食べ終わったら、俺の寝室で待ってろ。ちゃんと責任とって慰《なぐさ》めるから安心しろよ」

その言葉にハッとして顔を上げるが、鷹藤はいつもの何を考えているのかわからない飄々《ひょうひょう》とした笑みのままバスルームに行ってしまった。

誘う言葉に、環の鼓動が急激に速くなる。まるで全力疾走《しっそう》したあとのようだ。

「馬鹿」

呟いて、環はスープを一口啜《すす》る。

野菜がたっぷり入ったスープは、優しい味がした。フォークで肉団子を掬《すく》い上げる。口の中に生姜《しょうが》の風味がふわりと広がった。鷹藤の得意料理の一つである鳥肉を使ったこの肉団子はふわりとした食感で、肉汁のうまさが口に中に溢《あふ》れる。

そのおいしさに、緊張していた環の心が緩《ゆる》んだ。

ゆっくり、ゆっくりと、環は鷹藤が作ってくれたスープを食べる。胃の奥からも身体が温められて、環は大きなため息をついた。

全部食べ終わって食器を軽く洗うと、環は覚悟を決めて鷹藤の寝室に向かった。

いつの間にシャワーから出てきていたのか、寝室には既に鷹藤がいた。

差しのべられた手に応えて、鷹藤に抱きつく。

触れた男の肌が思う以上に熱を上げているのを感じて、環は瞼《まぶた》を閉じる。

唇にキスが落とされた。

シャワーを浴びる前以上に優しいキスに、何だか笑い出したくなる。

慰《なぐさ》めると言った言葉を忠実に守るつもりなのか——

本当に慰《なぐさ》めがほしいわけじゃない。

ただ、慰《なぐさ》めを口実にこの男に触れたかっただけだ。

もう一度、鷹藤に抱かれたかった。

それは多分、鷹藤もわかっている。それでも優しく、まるで壊れ物のように触れる男のずるさが、今の環には愛おしい。

好きなのだ。

やっぱりこの男がどうしようもない程に好きなのだと思う。

一度は逃げ出した。この自由な男を好きでいることに疲れて。

でも、忘れられなかった。別れてからの、この三年、想いは環の胸の奥でひっそりと息づいていた。

——もうやめよう。意地を張るのは無理だ。

この男が環以外の誰かと寄り添う姿を見たくない。

前は鷹藤が政略結婚でもしてくれれば、ちゃんと諦められるような気がしていた。

所詮は身分違いだった——そう思い込めると信じていたのだ。

でも、どんなに誤魔化したところで、自分はこの元飼い主を諦められそうにないと今回のことで環は実感した。

ベッドの上に身体が横たえられる。

額《ひたい》、鼻先、殴られた頬、切れた唇に、触れるだけのキスが落とされた。

キスをされるたび、環の心は満たされる。

笑う環を不思議そうに見下ろす鷹藤の頬に触れる。

指先が、痺《しび》れたように熱をもった。

「……ちゃんと、諦めたつもりだったんだけどな」

無意識に零《こぼ》れた呟きに、鷹藤が首を傾《かし》げる。

「何を諦めたつもりだったんだ？」

「陽介のこと。ちゃんと忘れて、自立した女になるつもりだったんだけど」

環の言葉に、鷹藤の目が眇《すが》められた。

「……」

無言のまま見つめ返される。一気に不機嫌になった男に、これから自分が告げる言葉は、鷹藤をもっと怒らせるのかもしれないと思った。

でも、もう溢《あふ》れた気持ちを止めることはできない。

吐息の触れる距離で二人は見つめ合う。

「好き……」

そっと吐息だけの言葉で、想いを伝えた。

そのたった一言を告げるだけで精一杯。

まともに鷹藤の目を見ていられなくて、環は瞼《まぶた》を伏せる。

言ってから、自分でも本当に身勝手だなと思った。

出会ってから別れて、今に至るまで、鷹藤にしてみたら環ほどわがままで勝手な人間もいないだろう。散々世話をやかせておいて、自分から別れを望み、挙げ句好きだなんて。身勝手にも程がある。

そうとわかっていても、伝えずにはおれなかった。

今さらやり直せると思っているわけじゃない。

でもこの恋心を伝えるくらいは、許してほしい。

ある種開き直りに近いような思いで、環は鷹藤の反応を待つ。

だが環の告白に、鷹藤は何も答えなかった。

止まってしまったような時間に、やっぱりダメだよなと諦めを感じる。

まあ、それも当然だろう。

環が今のことは気にしないでと伝えようとした瞬間――

骨が軋《きし》んだような錯覚を覚えた。それほどの強さで、環は抱きしめられていた。

「よ、陽介?」

「もう一回」

「え?」

耳朶《じだ》に、密《ひそ》やかな吐息と一緒に囁《ささや》きが落とされた。まるで、声を出して空気を揺らしてしまえば、何かが壊れる——そう、恐れるような声だった。

この男のこんな声を聞いたのは初めてで、環は戸惑いを覚える。

自分の言葉が聞こえなかったのかもしれない。

それならそれでいい。

これは、環の自己満足だ。

何でもない、と環が言おうとすると、鷹藤が環の耳朶《じだ》を口に含んだ。濡れた舌の感触に身体が震える。

「聞こえなかった。だから、もう一回言って」

耳朶《じだ》を食《は》む男の囁《ささや》き声に、さっきの告白がちゃんと聞こえていたのだと知る。

「嘘でしょ、絶対!!」

「うん。でも、もう一回聞きたい」

あっさり嘘であったことを認めたうえで再度の告白を甘くねだる男に、環の全身が羞恥《しゅうち》で赤く染まる。

——これは一体何のプレイだ！

大人になってからの告白はひどく恥ずかしい。いっそなかったことにしてしまいたいくらいには。

「いや、無理!!」

「ダメ！　言って。ちゃんともう一回言って」

女からの告白などそれこそ聞き飽きるほどに聞いているであろう男は、それなのに何故か環の言葉を欲して執拗《しつよう》に耳朶《じだ》を食《は》む。

「何で⁉」

耳を手で庇《かば》いながら環が悲鳴まじりの声を上げれば、鷹藤はふっと微笑んだ。

それは、見ている環の鼓動をかき乱すほどに艶冶《えんや》で、それでいて期待感に溢れていた。

普段は飄々《ひょうひょう》として読めない表情を浮かべていることが多い男だけに、そんな微笑みは長い付き合いである環ですら、お目にかかったことがないものだ。

嘘をつくこともできない距離で、鷹藤の深い色の瞳が、環の眼差《まなざ》しを絡《から》めとる。

大きな身体に抱き込まれ、どこにも逃げ場がないくらいに鷹藤の腕に囚《とら》われた。

「ねぇ環、気付いている？　環から好きだとか愛しているだとか言ったの初めてだってこと」

「……っ⁉」

――気付いていたの？

環は思わず黙り込む。

一緒に暮らしているときは、何にも執着しないこの男に、自分の想いを告げるのが怖かった。

告げてしまえば、鷹藤から離れられなくなる気がしていたのだ。

だから、環は自分からは何も言わなかった。言うつもりもなかった。

鷹藤からの軽い愛の言葉に応えることはあっても、自分から告げることはしないまま曖昧《あいまい》にしてきた。

まさか、鷹藤が気付いていると思っていなかったし、気にしているとも思っていなかったのだ。

何にも答えられずに、環が視線を下げると、鷹藤が苦笑した。

鼻先が擦《す》りつけられて、くすぐったさに身じろぐ。

「別に怒っているわけじゃないよ？　環のそういう頑《かたく》なで一途なところ好きだしね。でもたまには俺を甘やかして？」

蠱惑的《こわくてき》な囁《ささや》きに、背筋が震えた。

環の何もかもを絡《から》めとって支配する、そんな声だ。

そうして環は、自分が今まで、この男の手のひらの上で甘やかされていたことに気付く。

「環」

名前を呼ばれた。たったそれだけで、囚《とら》われる。

本気になったこの男の前では、逃げられる場所なんてどこにもなかった。

眩暈《めまい》を覚えて、環は瞼《まぶた》をぎゅっと閉じ、戦慄《わなな》きながら吐息を吐き出す。

もう一度瞼《まぶた》を開けば、こちらを見つめる男と目が合った。笑っているのに、男の眼差《まなざ》しはどこまでも強い。

今さら環の告白に意味なんてあるのかと思うが、目の前の男はどうやら本気でそれを欲しているらしい。

「……好き」

告げた言葉は、たった二文字。その二文字を言うために、身体中の力と勇気が必要だった。

これで、この男に隠している感情はもう何もない。

あとは怖いものなんて何にもない。どうにもでなれ!!

そう思った瞬間、環の唇は鷹藤に塞がれた。

舌を引きずり出されて、熱っぽく執拗《しつよう》に絡《から》められる。ぬるぬると口のあらゆるところを舐められ、痺《しび》れるほどに舌を吸われた。

——蕩《とろ》ける。頭が、おかしくなる。

長く情熱的なキスに息が上手く吸えなくなり、眩暈《めまい》がひどくなっていく。

自分からも舌を絡《から》めて、鷹藤の舌を吸った。濡れた水音がたつほどに、互いの舌を絡《から》め合う。

敏感な上顎《あご》を舌でくすぐられると、たまらず腰が跳ねた。

腰に回された腕が、環の身体を引き寄せる。

舌を絡《から》ませながら、昂《たかぶ》ったものが押しつけられた。それがいつにない質量をもっている気がして、環の目に涙が滲《にじ》む。

「ん——!!」

重ねられた腰の動きに、忘れかけていた情動が呼び起こされる。

「環、可愛い」

囁《ささや》く男の声は、どこまでも甘い。

耳元でたっぷりと吐息を含ませ声にするのは、絶対にわざとだ。

その声に環が反応して、身体を震わせるのを楽しんでる。

「は……ふぁ……んん！」

唇が離れた瞬間に、勝手に声が溢《あふ》れ出た。肩で息をする環の濡れた唇を、鷹藤が親指で拭《ぬぐ》う。切れた唇にその刺激は強すぎて、環は忘れていた痛みに顔を顰《しか》めた。

「痛い？」

そう訊《たず》ねる男の表情は、先ほどまでの気遣いに満ちたものと正反対だった。猛々《たけだけ》しくて、思わず逃げ出したくなる。

「あ……っう！」

思わず身を捩《よじ》る。鷹藤の目の前に、自《みずか》らの白い首筋を晒《さら》してしまうことになった。まるでここを噛んでと言わんばかりの行動だが、環はそれに気付かなかった。

鷹藤が環の首筋に噛みつく。ちりっとした痛みに、口づけの痕《あと》が残されたことを知った。痕《あと》を刻んだことに満足したのか、男が濡れた唇を舐めてわずかに上半身を起こす。

真上から真っ直ぐに見下ろされる。その吸い込まれそうな深い色の目が、柔らかく緩《ゆる》んだ。

「や～～っと言った。よく七年も我慢したね、俺。七年分のときめきで死にそうだわ」

環にはわからないことを呟いて、男はひどく幸福そうに微笑んだ。そして、環の身体を抱きかかえてベッドに寝転がる。

男の広い胸に、環の顔が押しつけられた。鷹藤の心音が間近に聞こえる。ものすごい速さで男の心臓が動いているのを感じた。

「好き。俺も好きだよ、環」

さっき環が全身の勇気を振り絞って言ったはずの言葉を、何の衒《てら》いもなくさらりと告げる男が憎い。

とっても軽くて、嘘くさい言葉。けれど、そこに真摯《しんし》なものが含まれているような気がする。平静に見えるが、男の心臓の音はやけに乱れていて、その言葉が嘘でもリップサービスでもないことを環に教えていた。

環の心の内側のいちばん柔らかい場所に、鷹藤の気持ちが届く。

鷹藤の言葉に乗せられていた想いが、まぎれもなく恋だったのだと、環は気付いた。

その瞬間に、環の身体がカッと燃え上がる。

今までは鷹藤が囁《ささや》く愛の言葉なんて、ただのリップサービスとしか思っていなかった。

懐《なつ》かない猫のように逃げまわる環を面白がっているのだろうくらいに、穿《うが》ったことを考えてもいた。

だから、重さを伴わないその言葉を、平然と聞き流すことができていたのだ。

——でも、違う。これは違う。

初めて、鷹藤が告げる愛の言葉の意味を実感した。

「う、嘘」

「ん？　どうした？」

ひどく上機嫌になっている男は、呆然と自分を見上げる環に気付いて首を傾《かし》げた。

——待って、待って。こんな都合のいい現実があるとは思えない。

「これ、夢……？」

そんな環の様子から何かを察したのか、男はその目を眇《すが》めて、苦笑する。

「せっかくの念願成就《ねんがんじょうじゅ》で浮かれてるんだ。これが夢とか怖いこと言うのはやめてほしいな。残念ながら、これはまぎれもない現実だ」

「だって、陽介が私のこと好きって、ありえないでしょ」

「何で？　環って本当に、俺の言葉だけは絶対に信じないし、懐《なつ》かないよね。まったく、困った野《の》良猫《らねこ》だ」

そう言いながら、旋毛《つむじ》にキスが落とされた。

いつになく甘い男の仕草に、環の混乱はひどくなる。

「だって……」

「だって何？　俺はずっと言ってるぞ、愛してるって」

「いや、そうだけど、でも」

「でも？」

あたふたとする環の身体を、鷹藤はさらにきつく抱きしめる。

自分でも何をこんなに混乱しているのかわからない。

「別れたいって言ったときも、いいよって」

「あぁ、あれか」

環を抱きしめたまま、鷹藤が嘆息《たんそく》する。

「あの頃の環が自立したいって言ってた気持ちもわかったからな。生活費とか大学の費用とか全部俺が払ってたせいで、環、負い目に感じてただろう？　俺は別に構わなかったけど、それで環が色々鬱屈《うっくつ》をため込んでるみたいだったから。ちょっと離れて環が満足するなら、離れてみるのもありかと思ったんだよ。ある程度、自分の力を試すことができたら環も自信がつくかとも思ったし。だから離れたけど、俺自身は別れる気なんて最初からなかったよ？」

「ちょ、待って！」

環は思わずベッドの上に上半身を起こした。そんな環を、横になったまま見上げる男の表情はいつもと変わらない。

「社会人として環が自信つけた頃に、取り戻しに帰ってくるつもりだったし」

いつもの飄々《ひょうひょう》とした口調でとんでもないことを告げてくる男に、環の心臓は壊れそうだ。

「だ、だって、取り戻すって、愛人って」

「俺と離れて三年。そろそろいいかなと思って」

「な、何が？」

「丁度《ちょうど》、親父に見合いを強制されてたしね。うちの野良猫《のらねこ》を回収するのにいい機会かなーと」

にやりと微笑む男に、何故か胸が騒ぐ。

こんな顔をしているときは、絶対に何か悪だくみをしている。

環の腰に手が回されて、再び鷹藤に抱き込まれた。

「ふつうに迎えにきたって言ってもうちの野良猫《のらねこ》は飼い主には懐《なつ》いてないし、俺の言うことは素直に聞かない。だったら、愛人とか言ったほうがインパクトがあると思ったんだよ。それくらい言わないと、環は頷いてくれないだろう？」

——それはそうなんだけど!!

確かに、ふつうに迎えにきた、結婚しよう、なんて言われても、受け入れなかったと思う。

でも、だからといって——

「……っ」

何でもないようにぬけぬけと告白を続ける男に、一気に頭に血が上る。

環の許容量を遥かに超えた男の言葉の数々に、思考が追いつかない。

環のめんどくさくて、弱くて、ずるい、そんな性格を丸抱えで愛されていたのだと実感して、どうしていいのかわからない。

「な、なんで私？」

「うーん？　何でと言われても困るけど。まぁ、環といると俺、退屈しないんだよね。自分が騙《だま》された挙句無一文になっているのに、それを手切れ金だとか啖呵《たんか》切っちゃうところとか。俺のせいで鞄《かばん》で殴られてるのに、咄嗟《とっさ》に高山の馬鹿娘との会話を録音してくる手腕とか？　本当に予想外の行動をしてくれるせいで、目が離せないんだよ。これは俺が面倒見るしかないと思った」

——何だそれ！　やっぱり私は珍獣か何かか!!

そう抗議の声を上げたいと思った。けれど、言葉にならない。

口をパクパクとさせる環を愛おしそうに見つめた鷹藤が、もう一度環の唇を塞ぐ。

ただ触れるだけのキス。それなのに、心臓が痛くて痛くて仕方ない。

すぐに離れた唇が再び、ついばむように何度も環の唇を食《は》む。

触れるたび、肌を通して男の気持ちがストレートに伝わってくる気がして、環の鼓動は乱れていく。

鷹藤の言う愛は、どうやら自分が考えていたものよりずっと大きくて、深いらしい。

でかすぎて環には見えていなかったこともわかった。

「あー、環、あんまり小難しいこと考えるな。環が何か考えるとろくなことにならないから」

唇が離れたわずかな隙間に、鷹藤が笑って囁《ささや》く。

「ちょ！　それどういう意味よ!?」

「言葉のままだ。だから、俺の愛がでかくてわかんないって思うのなら、感じていればいいよ」

「いや、そういうことじゃないでしょ!?」

「そういうことだと思うけど？　言って伝わらないなら、行動して見せたほうがわかりやすいだろう？　身体で感じてれば、そのうち自覚できるでしょ。俺の恋人は環しかいないって」

そう言いながら、下半身を押しつけてくるのはやめてほしい。

下腹の柔らかい場所にあたる昂《たかぶ》りに、せっかくの言葉も雰囲気も何もかもが台無しだ。

だが、このほうが自分たちらしい気がして、環は笑い出す。

笑う環を見て、鷹藤も笑顔になった。

そうして近づいてきた唇に、環は瞼《まぶた》を閉じる。

――確かにこのほうがわかりやすい。

言葉では埋めきれない何かが、触れ合った肌を通して伝わってくる。

唇の上と下をそれぞれ甘噛みされて、自然と唇が綻《ほころ》んだ。強引に口の中に踏み込んでくることなく、鷹藤の舌は唇の隙間をつついて様子を窺《うかが》っている。

くすぐったさに唇を開いて、環は鷹藤の舌を受け入れた。

鷹藤の舌で、口の中がいっぱいになる。環を抱きしめていた腕に力が入って、再び昂《たかぶ》ったものを押しつけられた。

ワンピースの裾《すそ》から入り込んできた手のひらが、直《じか》に環の肌に触れる。

裾《すそ》をめくりあげられて、外気に触れた肌に鳥肌が立つ。

まだ触れられてもいない胸の頂《いただき》が、キスだけで硬く立ち上がっているのを感じる。

腕を頭の上に上げるように促《うなが》されて万歳をすれば、ワンピースを脱がされた。キャミソールと下着だけの姿になる。

風呂上がりにブラジャーをつけなかったせいで、薄い生地のキャミソールに、立ち上がった胸の頂《いただき》がはっきりと形を主張していた。

キャミソール越しに胸の突起を捻《ひね》られ、片側を口に含まれる。布越しのもどかしい刺激に、胸が浮く。鷹藤の口に自分の胸を押しあてるような格好になっていることに気付いてはいるが、じっとしていられなかった。

身体中が疼《うず》いて、肌が過敏に火照《ほて》ってくる。

「やぁ……ん……」

唾液に濡らされたキャミソールを捲《まく》りあげられながら、同時に下半身の下着を引きずり下ろされる。

胸の頂《いただき》にねっとりと舌が這《は》い、乳輪ごと口に含まれ転がされた。軽く歯をあてられるたび、びりびりとした快感が背筋を駆け下りる。

両の乳首が執拗《しつよう》に舐め回されて、真っ赤に染まっていた。

鷹藤は、鎖骨、胸のふくらみの柔らかい肉に舌を這《は》わせては、赤い痕《あと》をいくつも残す。

「やぁ！　も……ダメ……!!」

しかし、男は行為をやめない。それどころか、過敏になって立ち上がっている乳首をさらに吸い、舐め回す。痛みすら覚えて、環はたまらず悲鳴を上げた。

「ん？　気持ちよくない？」

「も、もう、痛い！」

本当は痛いというよりも、感じ過ぎて怖かった。

「あぁ、これだけ真っ赤だったら痛いか」

身を捩《よじ》って鷹藤から胸を隠すと、環は涙目のまま頷く。

涙を流す環の背中にピタリと抱きついてきた男は、今度は耳朶《じだ》を食《は》む。

「ねぇ、環。本当に痛いだけ？」

囁《ささや》き声に、環は必死に頷く。

「嘘つき。感じ過ぎて怖いだけでしょ」

わかっていてそれを認めさせようとする男は、環が胸の上で組んだ腕の隙間から指を差し入れてくる。指の背を乳首に擦《す》りつけられ、痛みとも快感ともつかない強烈な刺激を覚えた。思わず腕を解《ほど》くと、鷹藤は乳房を手のひらで包んだ。

「う……ぁ……やぁ！」

鷹藤の手の中で、環の乳房が柔らかく形を変えながら揉まれる。そして時折、ソフトなタッチで乳首を擦《す》られた。

環の唇から、甘い喘《あえ》ぎが零《こぼ》れ続ける。

「あ……あ……ダメ……！」

「ダメじゃないだろう、環？」

乳房をいじる手とは反対の手がへその下に滑り下りていくのを感じて、環は首を振る。

閉じた太ももに、鷹藤の手が入り込む。腿の内側の柔らかさを楽しむように、鷹藤の手がいたずらに這《は》う。

同時に、首筋に舌が触れた。尖《とが》らせた舌で首筋をつーと舐め降ろされたと思えば、うなじを舌全体を使ってねっとりと舐められる。

首、胸、太ももと過敏な場所を三か所同時に攻められて、身体の奥から蜜が溢《あふ》れてくる。

だが、肝心な場所には触れてもらえない。環は飢《う》えにも似た感情を覚えた。

「お、おね……が……い」

「何？　どうしたの？」

わかっているのにわからない振りをする男に、腹が立つ。

わざと違う場所に触れる鷹藤に違うと首を振っても、男は楽しげなままだ。

「どうしてほしいの？　ちゃんと言って？」

何をしてほしいのか言葉にしなければ、願いは叶えられない。

意地悪なその手で、足の付け根を何度も撫でられる。掠《かす》めるように触れるだけで、肝心な場所には触れてもらえない。

もどかしさに、身体の内側で熱が暴れまわる。

「やぁ！　触って、ちゃんと触って!!」

蜜を零《こぼ》すその場所に触れてほしくて、環は自《みずか》ら足を開いた。

ひくり、ひくりと戦慄《わなな》くように、身体の奥の粘膜が蠢《うごめ》いているのがわかる。

そこに触れてほしくてたまらない。

泣いて懇願するようなはしたない真似《まね》をして、ようやく蜜を零《こぼ》し続けた秘所に鷹藤の指が触れた。

それまで直《じか》に触れられていたわけでもなかったのに、秘所は自分でもわかるほどに蕩《とろ》けていた。

鷹藤の指を、抵抗なく受け入れる。

「うんっ……あ、あ、ぃ……い」

指だけだというのにたまらなく気持ちよくて、腰が勝手に揺らめいた。

「環、気持ちいい？」

感じすぎて、頭がおかしくなる。自分の秘所が鷹藤の指を貪欲《どんよく》に貪《むさぼ》っていた。

二本、三本と増やされていく指が、環の中で奔放《ほんぽう》に動きまわる。

「あ、あ、あぁ!!」

ぐっと挿入された指で最も感じる部分を突かれて、甘い悲鳴を上げた。

鷹藤は、濡れた指でゆるゆると撫でまわしていたと思えば、今みたいに不意に感じる部分を集中的に攻める。

花芽を親指で潰され、三本に増えた指が派手な水音を立てながら出し入れされた。

太ももまで蜜を零《こぼ》して、環は一気に快楽の階《きざはし》を駆け上る。

鷹藤の指が出し入れされるたびに腰が跳ね、背骨に沿ってつま先まで、痺《しび》れるような快楽が駆け下りていく。

「あ……いぃ……いくぅ!!」

目の前が真っ白に染まる。

胎《はら》の奥に突き入れられた鷹藤の指を、環の膣《ちつ》が食い締めた。快楽に身体がぶるぶると震えて、環は息を喘《あえ》がせる。

多分、環は一瞬意識を飛ばしていた。

次に気が付いたときには、服を脱いだ鷹藤が心配そうに環を覗き込んでいるところだった。

「あれ？　私？」

「お、気付いた？　気分悪いところない」

「うん」

「ごめん。ちょっと調子に乗りすぎた」

ばつが悪そうに顔を顰《しか》める男に、環は大丈夫と頷く。

ベッドサイドに手を伸ばした鷹藤が、ミネラルウォーターのペットボトルを手に取った。蓋《ふた》を開けたそれを受け取って、環はゆっくりと水を飲む。

泣きすぎて水分が足りなくなっていた環の身体に、室温に温《ぬる》んだ水がしみわたる。

深いため息と一緒に口を離すと、鷹藤が環からペットボトルを取り上げた。そうして、残っていた水を一気に飲み干して、空になったペットボトルをベッド下のごみ箱に放り投げる。

一度達して過敏になった肌を宥《なだ》めるように撫でられた。しかしその手のひらに、再び情動が煽《あお》られる。

「ん……んぁ」

心地よさと同時に、皮膚のざわめきを覚えた。

これで終わりだとは環も思ってない。

触れ合わせた肌が、鷹藤の熱が下がってないことを教えてくれる。重ねた下腹部に、硬いものがあたる。

わずかに濡れたその淫靡《いんび》な感触に、環は思わず手を伸ばす。

指先に触れた熱は予想以上で、一瞬竦《すく》んで、指の動きが止まりそうになった。

「……うっ」

しかし快感を堪《こら》えるように息をつめた鷹藤の吐息と、手のひらでびくりと震えて大きくなったそれに勢いを得て、環はそっと鷹藤の昂《たかぶ》りに指を這《は》わせた。手のひらで優しく包み込む。

親指の腹で丸みを帯びた先端部分をくるくると撫でまわすと、男のそれが次第に湿り気を帯びていく。

たまらずに腰を震わせる男の反応が、愛おしい。

敏感な裏筋をくすぐるように何度も指を往復させ、親指の腹で先端部分をいじっては、軽く爪を立てた。鷹藤が低い呻《うめ》き声を上げる。

先ほどの仕返しというわけではないが、一人だけ快楽に溺れさせられるのは楽しくない。

「環」

見上げれば、情欲にけぶる獣《けもの》の目で見下ろされた。男が親指で、環の唇をなぞる。切れた唇の端に触れて、鷹藤はため息をついた。

傷つけられた口元を気にする男の意図を察して、環はいまだ快楽の余韻に痺《しび》れた身体を何とか起こす。

「今日は無理しなくていい」

「大丈夫」

答えて環は、鷹藤の足元に移動した。そして、立ち上がっている鷹藤自身に舌を這《は》わせる。

舌で周囲をなぞり、くびれをくすぐるようにつつく。

鷹藤の腹筋が震えて、息を詰める艶《つや》やかな声が頭上に降ってきた。

少し大きく口を開けて何度か先端部分をついばみ、切れた口の端が痛まないことを確認してから、環はそれをゆっくりと口の中に含んだ。

唇の端がピリピリとしたが、気になるほどではない。

「大丈夫か？」

前髪をかきわけるように訊《たず》ねられて、環は目線だけを鷹藤に向ける。

「平気」

昂《たかぶ》りを口に含んだまま答えたせいで、声がくぐもった。

その瞬間、口の中のものが大きく跳ねて、先端部分からにじみ出る液体の量が増えた気がした。

口の中に溢《あふ》れた自身の唾液と鷹藤の体液にむせそうになって、環はそれを呑み込んだ。

艶《なま》めかしい吐息が聞こえて、楽しくなってくる。

痛みを感じない程度に口の中に含み、含み切れない根元は両手に包んで擦《す》りあげる。

尖《とが》らせた舌で敏感な部分をつつきまわして、柔らかく吸う。夢中になって唇でその形で辿り、締めつけた。

鷹藤の手が環の髪を撫でて、首筋をくすぐる。いたずらに触れる指に背筋がぞくぞくして、身体の奥が触れられてもいないのに、熱を欲してひくついた。

環の息が上がって、乱れた呼吸と、濡れた音が寝室に響く。

口の中のものは今にも爆《は》ぜそうだ。だがその寸前で頬を両手に包まれ、顔を上げさせられた。

何故と問いかけたかったが、荒れた呼吸で上手く言葉にできない。

無言のまま視線を合わせると、「もういい」とぶっきらぼうに言われた。

互いの体液に濡れた環の唇を、いつになく乱暴な仕草で鷹藤が拭《ぬぐ》った。

切れた口の端が、ぴりっと痛みを訴える。環の傷すら忘れている行動に男の余裕のなさを感じて、思わず口元が緩《ゆる》む。

いつの間に用意したのか、鷹藤の手には避妊具が握られていた。

パッケージを破った避妊具を手渡されて、環は無言のまま鷹藤の昂《たかぶ》りにそれを被せる。

装着しながら、環はふと疑問に思う。

「こんなものいつ用意したの？」

「男のたしなみ」

「あ、そう」

返ってきた答えが可愛くなくて、環は避妊具をつけたそれの根元をぎゅっと握りしめる。

かなりの力を込めたはずだが、鷹藤は何も感じていない振りでやり過ごした。

一瞬だけ腹筋が緊張したことに気付いていた環は、内心で舌を出す。

「環、上に乗って」

頷きだけで答えて、環は足を開いて鷹藤の腰を跨《また》ぐ。

鷹藤に腰を支えてもらいながら、環は鷹藤の昂《たかぶ》りを秘所に何度か擦《す》りつけ、そしてゆっくりと腰を落とした。

「はぁ、ん、ん……」

先ほど、さんざんかき回されてぬかるんでいたその場所は、再び蜜を大量に零《こぼ》して鷹藤を受け入れた。

下から徐々に身体を押し開かれていく感覚がたまらず、身体の奥が戦慄《わなな》く。

「あ、ぁ……んん……ふ……」

短く呼吸を繰り返しながら、ゆっくりと鷹藤と身体を重ねる。

耳に猫の子が鳴くような声が聞こえた。荒い息遣いにまじるそれが自分の声だと気付いて、羞恥《しゅうち》に膝から力が抜けそうになる。

あと少し——そう思った瞬間ついに膝から力が抜けて、すとん、と鷹藤の上に座り込んだ。

痺《しび》れるような悦楽《えつらく》と圧迫感が、下半身を襲う。信じられないほど奥まで鷹藤を感じた。

呼吸が乱れて心臓が跳ね、目じりを涙が伝って落ちる。

宥《なだ》めるように、鷹藤の手が腰を滑り落ちた。その手の感触にすら快楽を感じて、環は身体を震わせる。

じんじんとした痺《しび》れは徐々に和《やわ》らぎ、待ち望んでいた熱に身体がうねって鷹藤を締めつけ始めたのを感じる。

「大丈夫か？」

「ん……」

気遣う男に、言葉で答える余裕もない。

このままでは終われない。環は細く息を吐き出して乱れる呼吸を整え、男の身体の上で動き始めた。

腰を上げると鷹藤の昂《たかぶ》りが半分ほど引き出て、環の内壁をずるりと擦《す》りあげる。

それだけで腰が砕けそうな重たい快楽が、環に纏《まと》わりつく。

膝の力が抜けて腰が落ちると、今度は狭い場所を押し広げられて、胎《はら》の奥が叩かれる。

最初は浅くゆっくりとその動作を繰り返していたが、やがてその動きも滑《なめ》らかになっていく。

「あ、ん、……い、い」

開いたままの唇から、甘い声がひっきりなしに零《こぼ》れていく。

揺れながらわずかに視線を下げて、環は鷹藤を見下ろした。

環の下でうっすらと汗を滲《にじ》ませて快楽を堪《こら》える男に、環は微笑む。

いつも飄々《ひょうひょう》としているこの男をもっと乱してみたくて、環はその広い胸に手のひらを這《は》わせた。

そして前かがみに上体を倒し、鷹藤の両肩に手を添える。

身体の奥を穿《うが》つものの位置が変わり息が詰まるが、構わずに唇を重ねた。

「ふ……ん」

開いた唇に舌を差し入れると、腰を抱かれて密着度が増す。夢中で舌を絡《から》ませた。

「よ……うす……け……気持ちい……い？」

唇を離す間際に吐息だけで訊《たず》ねれば、胎《はら》の奥のものがびくりと跳ねた。

「よすぎて、頭、馬鹿に……なり……そうだよ」

怒っているのかと思えるほどに険しい表情で答える鷹藤に、環は艶《なま》めかしく微笑む。

食い散らかしたいのを堪《こら》えるような男の目にうっとりと息をついて、上体を起こす。

再び、鷹藤の腹の上に手をついて、奔放《ほんぽう》に腰を動かした。

「ん……ぁ……い……ぃ!!」

感じ過ぎて頭がどうにかなってしまいそうだった。

揺らめく腰の動きは大胆になり、自分のよいところに鷹藤の昂《たかぶ》りを擦《す》りつけて、快楽を貪《むさぼ》った。

淫《みだ》らな水音が耳を打つ。環が腰を動かすたび、互いの肉を打ちつけ合う生々しい音が響いた。環は、絶頂がすぐそこまできているのを感じていた。

堪《こら》え切れないというように、鷹藤も下から突き上げてくる。

互いの身体を淫《みだ》らにかみ合わせ、二人は互いの身体を高め合う。

目の前にちかちかとした光が瞬《またた》き、環の腹の奥がうねりを見せて痙攣《けいれん》する。

一際《ひときわ》強く突き上げられて、環は上り詰めた。

「んぁっ!!」

どさりと鷹藤の上に身体を倒すと、危なげなく受け止められる。

鷹藤の手のひらが環の後頭部を覆って、自分の胸に環の頭を押しつけた。

一瞬の後、薄い被膜越しに鷹藤の精が吐き出されたのを感じる。

ぴったりと耳を押しつけた鷹藤の胸から、力強くて速い鼓動と、荒い息遣いが直《じか》に響いてきた。

同じだけ、環の呼吸も鼓動も乱れている。

互いに脱力して、二人は肌を重ね合ったまま自分の呼吸が整うのを待った。

耳に聞こえるのは、互いの荒い呼吸と鼓動の音だけ。

徐々に呼吸が落ち着き、身体が感覚を取り戻す。

「んん……」

起き上がった鷹藤が、ずるりと抜け出ていく。過敏になっていた環はその刺激にすら感じて、見悶《もだ》えた。

ベッドの上に寝かされて、避妊具を始末する男の気配を感じながら、環は瞼《まぶた》を閉じる。

すぐに隣に鷹藤が身体を滑り込ませてきたので、環は濡れた身体をすり寄せた。

いつになく甘えた仕草に、鷹藤がわずかに瞼《まぶた》を開いたが環は気付かない。

「大丈夫か？」

「明日、ちょっとやばいかも。仕事、行けなかったら責任とってよ」

喘《あえ》ぎ過ぎたせいかひどく掠《かす》れた声で答えながら、環は鷹藤の肩に顔を埋めた。

「喜んで」

笑みを含んで囁《ささや》く男に呆れつつも、環はとろりと瞼《まぶた》を閉じる。

汗に濡れた環の髪を、鷹藤が指に絡《から》めて弄《もてあそ》ぶ。

「伸びたな」

「そう？」

「伸ばしたのか？」

「そういうわけじゃないけど、長い髪は嫌？」

「そんなことない。環の髪、好きだよ」

「そう」

気のない素振りで鷹藤の答えを聞き流しながら、環は頭をその大きな手のひらに押しつける。

もともと肩先に着くか着かないかだった髪を伸ばし始めたのは、三年前――

鷹藤と別れたあとだということに、この男は気付いている？

気付いても、気付かなくてもいい。いや、むしろ、気付かないでほしい。

この髪の長さは環の未練の表れなのだと言ったら、この男は一体どんな顔をするのだろう？

――やっぱり引くよね。

髪を梳《す》く指が優しくなる。この指が、ずっと好きだった。

『環の髪は柔らかくて気持ちいいな』

そう言っていた男の言葉が忘れられなくて、別れてから髪を伸ばした。そんな自分の天邪鬼《あまのじゃく》ぶりには、さすがに自分自身でも呆れているのだ。

額《ひたい》、瞼《まぶた》、鼻先に、触れるだけのキスが下りてくる。

情動を煽《あお》るわけでもないその仕草は、ただただ甘く、心地よい。

やみくもな衝動が去ってみれば、環は自分がひどく満たされていることに気付いた。

今までは見えなかった男の愛を、確かに感じる。

素直な気持ちでそれを受け取れば、この腕の中は環にとって世界中のどこよりも居心地のよい場所なのだ。

「眠い」

とろりとした眠りが忍び寄ってくる。

ぽつんと呟けば、よしよしと子どもをあやす手が環の頭を撫でる。

その心地よさに、環はゆっくりと手足を伸ばす。

「寝るのか？」

「んー？」

瞼《まぶた》を閉じてうとうとと微睡《まどろ》み始めた環の頬を、鷹藤が両手で掬《すく》い上げた。柔らかな仕草で唇を重ねられる。

繰り返される触れ合いに、環は吐息を吐き出して、重たい瞼《まぶた》を開く。

「くすぐったい」

ゆるゆると鷹藤の手のひらが環の身体を這《は》って、眠りの淵《ふち》に引き込まれそうな環の邪魔をする。

「環、眠い？」

「寝たい」

「ふーん」

つまらなそうに頷いた男が緩《ゆる》やかに足を絡《から》ませて、環の背中を撫で下ろす。

ゆっくりと動かされて、環は重なった鷹藤の腰の反応に気付いた。

「するの？」

「嫌か？」

「んー？」

「環」

他愛ない言葉遊びのようなやり取りを続けて、環と鷹藤は自分たちの肌を触れ合わせる。

舌を絡《から》め合ったのはどちらが先だったのか。

腰を抱え上げられて、環は鷹藤の昂《たかぶ》りを受け入れる。

先ほどまでの激しさとは違い、緩《ゆる》やかに揺らされた。

隙間もないほどに手と足を鷹藤の身体に絡《から》めて、環は甘い声を上げ続ける。

ようやく自分のものだと確信した男の腕の中で、環はどこまでも柔らかく蕩《とろ》けて、果てのない快楽に溺れていった——

4 野良猫《のらねこ》は月夜に恋する

「環？　大丈夫か!?　おい、起きろ！」

翌朝、鷹藤の驚いたような声で起こされた。

——……ん？　……何？　身体……怠《だる》い……

微睡《まどろ》みから引きずり出されて、環は力の入らない瞼《まぶた》を開く。

身体がひどく重くて、関節の節々が痛みを訴える。頭も喉も痛い。

――昨日、羽目を外しすぎた……？

「よ……すけ？」

呼びかけに答えた自分の声がひどく掠《かす》れていて、その時点でようやく自分の身体の異変を悟った。

――あれ？　これもしかして熱出てる？

熱のせいか涙で滲《にじ》んだ視界の隅に、こちらを心配そうな顔で覗き込む男の姿を見つけた。頭の芯にある鈍い痛みに、思考がまとまらない。

「大丈夫か？　すごく身体が熱いぞ？」

額《ひたい》にあてられた男の手がいつもよりも冷たく感じて、環は本格的に自分が熱を出していることを自覚する。

「頭痛い」

「熱出てるな。……昨日のあれで身体が冷えたのかもしれない。体温計もってくるからちょっと待ってろ。あと、水もいるか？」

「お願い……」

鷹藤が寝室を出て行く。

――熱なんて出したの何年ぶり？

ベッドに横になったままぼんやりと考えるが、思い出せないくらいに昔のことのような気がした。身体は子どもの頃から丈夫だったのだ。

多分、昨日雨に濡れたことと、あの高山のお嬢様とのあれこれで精神的な疲れが重なったのだろう。

「環、起きられるか？」

「大丈夫」

ミネラルウォーターのペットボトルとコップ、体温計をもった鷹藤が寝室に戻ってきた。何とか身体を起こす。

「おっと！」

しかし、ベッドの端に座った途端に眩暈《めまい》がして、上体がふらついた。慌てた鷹藤に支えられる。

環はベッドの下に足をついて、姿勢を安定させた。

「ごめん。ありがとう」

「いや、いい。それよりほら、水飲んで」

コップに注いだ水を手渡される。

「ん。ありがとう」

冷たい水を飲み干すと、乾いていた身体が息を吹き返した気がする。しかし、身体の中心に居座る重怠《おもだる》さと頭痛は改善しない。

「熱、測るぞ」

鷹藤が環の手からコップを取り、体温計を脇に挟んだ。

環は大人しくされるがまま、熱を測る。待つほどもなく、軽やかな電子音が鳴った。

「三十八度一分か……」

体温計を取り出して、数字を確認した鷹藤が嘆息《たんそく》する。

「あー、本格的に熱出てるねー」

どこか他人事のように環が答えれば、鷹藤が「とりあえず横になれ。薬あったか？　食欲は？」と立て続けに言ってくる。

「うーん、市販の風邪薬はあるはず。あと、鎮痛解熱系のは、鞄《かばん》に入ってる。お腹は空《す》いてるかも？」

「わかった。薬は探してくるから、横になってろ。春樹には俺から連絡しておくから今日は仕事を休め」

「わかった」

「しかし、まいったな……」

乱れた前髪をかき上げた鷹藤がため息まじりに呟いたので、環は首を傾《かし》げた。

どうしたのかと視線だけで問えば、「今日は仕事が立て込んでるから、休めない」と返事が返ってきて驚く。

「いや、いいよ別に。色々なことの疲れが出ただけだろうし、薬飲んで寝てれば熱も下がるでしょ。陽介が仕事を休む必要は全くないと思うよ？」

「そうは言っても、この熱の高さだぞ？」

昨日の今日だけに、鷹藤が余計に心配するのもわかる。

しかし、環は鷹藤が心配するほどに自分の状況がまずいとは思っていなかった。

多分、ゆっくりと寝ていれば治る程度のものだ。鷹藤が仕事を放り投げてまで看病する必要なんてない。

「たいしたことないよ。熱以外の他の症状はたいしたことないし。薬飲んで寝てたら楽になるわよ。それに、子どもじゃないんだから、何かあったら病院くらい一人で行けるから。過保護すぎ。仕事大変なんでしょ？　どうしてもダメなときは携帯に連絡するから」

鷹藤は束の間何かを考えるように沈黙した。

「――わかった。具合が悪くなったら早めに連絡よこせよ？」

「うん」

渋々といった様子の鷹藤に、環は苦笑する。

「とりあえず薬と、飯《めし》の用意してくるから寝てろ」

「ん……」

促《うなが》されるままに、環はベッドに横になる。熱の上がった身体が二人分の体温に温《ぬる》んだシーツに受け止められ、ゆっくりと弛緩《しかん》していく。

馴染《なじ》んだ男の匂いを鼻先に感じて、環は深く息を吐き出した。

瞼《まぶた》を閉じると、眠気が一気に押し寄せてくる。そのことに、自分がかなり疲れているのだと実感した。

原因は昨日のことだけじゃない。鷹藤と再会してから張りつめていたものが、一気に緩《ゆる》んだのだ。

――ここにいていい。この場所に、陽介の腕の中にいてもいい。

初めて心からそう思えたことが、環の気持ちを柔らかく解《と》かせている。

心地いい安心感に包まれて、環は微睡《まどろ》みに引きずられた。

「環？」

鷹藤の呼びかけに、環は瞼《まぶた》を開ける。いつの間にか、うとうととしていたようだ。

既に身支度を整えた鷹藤がベッドサイドに立っていて、驚く。

「あれ？」

かなり時間が過ぎていたらしい。慌てて起き上がると、寝室に漂《ただよ》うふわっと温かい湯気と玉子の匂いに気付いた。

それに反応して環の腹の虫が「ぐう」と声を上げる。環の顔が羞恥《しゅうち》に赤く染まった。

笑った鷹藤が、汗で張りついた環の前髪を優しい手つきで梳《す》く。

「食欲があるなら大丈夫そうだな。さっきは寝てたから起こさなかったが、飯《めし》できてるぞ？」

そう言った鷹藤が、環の膝の上にトレイを置いた。どんぶりで湯気を立てる玉子粥《たまごがゆ》と、皿に盛られた白桃に頬が緩《ゆる》む。

「熱いから気を付けろよ」

「うん。いただきます」

添えられていたレンゲを手にして、粥《かゆ》を掬《すく》う。湯気を立てる黄色い粥にそっと息を吹きかけて冷まし、口に運んだ。じんわりと沁《し》みるような優しい味が広がる。胃の奥から身体が温められる気がした。知らず、ホッと息が吐き出される。

環は無言のまま、玉子粥《たまごがゆ》を平らげた。そうして、白桃に手を伸ばす。桃の瑞々《みずみず》しい甘さに、目元が緩《ゆる》んだ。

鷹藤は環がすべて食べ終えるのを待って、薬を差し出してきた。

「それだけ食べられれば大丈夫だな。薬も飲めよ？　それと昼の用意もしてあるから、腹が減ったら温めて食べろ」

「うん」

薬とコップを受け取った環は、鷹藤の言葉に素直に頷く。

「じゃあ、もう俺は仕事行くから、ちゃんと休むんだぞ？　何かあったら必ず連絡を入れろ。いいな？」

まるで子どもに言い聞かせるように言った鷹藤は、環の膝からトレイを取り上げて、後片付けのために寝室を出ていった。

その背中を見送って、環はまた横になる。遠くで鷹藤が玄関を出ていく音が聞こえた気がしたが、既に環の意識は眠りの底に落ちていた。

何度か鳴らされたインターフォンの音で目を覚ます。

——うん？　誰？

寝起きで状況を把握できずにぼんやりとしていれば、インターフォンが鳴りやみ、今度は枕元に置いていたスマートフォンが鳴り出した。

環は手を伸ばしてスマートフォンを取る。親友の名前が表示されているのを見て、画面をタップした。

「もしもし、莉乃？」

『あ、よかった、ちゃんと起きたみたいね！　今、下にきてるからロック開けてくれない？』

「え？　下にきてる？」

『そう、マンションの下にいるのよ。インターフォン何度か鳴らしたけど出ないから、電話したの』

親友の言葉に、先ほどまで鳴り響いていたインターフォンが彼女だったのかと気付く。

——どうして莉乃が？

そう疑問に思ったが、親友をいつまでも下のエントランスで待たせるわけにはいかない。ベッドから立ち上がる。薬が効いたのか、朝ほど怠《だる》さは感じなかった。

「ごめん。今開ける」

『悪いけどお願い』

環は寝室を出て、一階のオートロックを操作した。

待つほどもなく、今度は玄関のチャイムが鳴る。

「お？　思ったよりも顔色いいじゃない。インターフォンを何回鳴らしても出ないから、身動きできないくらいに具合悪いのかと心配したわ」

環が玄関を開けると、スーツ姿でビニール袋をもった莉乃が、微笑んでそう言った。

「どうしたの莉乃？」

「ん？　どっかの過保護な飼い主様に頼まれて、野良猫《のらねこ》の様子を確認しにきたのよ」

「え？　陽介がそんなこと頼んだの？」

「そうよー。うちの社長経由で、今日は自分が仕事でどうしても帰りが遅くなるから、時間あるときに様子を見に行ってほしいって、伝言がまわってきたわ。いくらうちが人材派遣会社だからって、これは違うだろって思ったけど。でも鷹藤先輩だからねー。うちも断れないわ。まぁ、仕事絡《から》まなくても、親友のためならいくらでも動くけどね」

莉乃はからからと笑いながらそう言うと、キッチンに向かった。環はその背中を追いつつ、鷹藤の過保護ぶりに困惑する。

「ごめん。一人で大丈夫だって言ったんだけど、まさか莉乃たちにこんなこと頼むとは思ってなかったわ」

「ふふふ。大丈夫よー。鷹藤先輩の環に対する過保護なんて、今に始まったこっちゃないし。しっかり礼はふんだくる予定だから、気にしないで」

振り返った莉乃は満面の笑みを浮かべてそう言うと、環の額《ひたい》に手をあてる。

「うーん？　聞いてたよりも熱は下がってそうね。食欲は？　お昼食べたの？」

「まだよ。莉乃がくるまで寝てたから」

「そう。わかった。しかし、顔はまた派手にやられたわねー。女の顔にこんな傷をつけるなんて、あの高山のお嬢様の人間性を本気で疑うわ。痛い？」

環の怪我の理由も、鷹藤から知らされていたようだ。

そっと優しい手つきで、莉乃が環の頬に触れる。鏡を見ていないので今どんな顔をしているのかわからないが、莉乃が心配するくらいにはひどいらしい。

眉を顰《ひそ》めて傷を心配してくれる友人の優しさに、環の顔に自然に微笑が浮かぶ。

「痛みはほとんどないよ」

「そう？　じゃあ、座って熱測って。一応、桃缶とかスポーツドリンクとかいろいろともってきたから、お昼にしよー」

莉乃の言葉に居間の時計を見上げると、もう十四時も近い時間になっていた。

随分《ずいぶん》長く寝ていたらしい。

「ほらほら、ソファに座って。そんな薄着だと身体冷やすわよ？　体温計と上着どこ？」

「寝室にあると思う」

「入っていい？」

「あ、自分で取ってくる」

「わかった。じゃあ、私、昼の用意しちゃうね」

てきぱきと動き出した莉乃につられるように、環も寝室に戻ってカーディガンと体温計を取ってくる。

「熱、測ってくれる？　鷹藤先輩に報告するように言われてるのよ」

「ごめん……何か本当にごめん」

忙しい親友にこんなことを頼んだ鷹藤に代わって、思わず謝る。だけど莉乃は、あっけらかんと笑った。

「いいわよー別に。私も昼休憩って言って抜け出すのに丁度《ちょうど》よかったしね。で、何度？」

「三十七度」

「あら下がったわね、よかった。じゃあ、ご飯にしよう。私もお腹が空《す》いたわ」

環用のお粥と桃缶、昨日の残りのスープが並べられた。莉乃の分として、弁当も並ぶ。

「冷めないうちに食べよ」

促《うなが》されて、環は玉子粥《たまごがゆ》に匙《さじ》を入れる。

「しかし、鷹藤先輩はまめだねー。そのお粥とか鶏団子のスープとか、全部先輩が作ったんでしょ？」

「そう」

「本当に何でもよくできる飼い主だこと」

何故か若干呆れたような眼差《まなざ》しが、環のスープに注がれる。

「莉乃も食べたら？」

「うん。ちょっと食べてみたいからもらうわ」

そう言って立ち上がり、莉乃は自分の分のスープをよそってきた。

「うーん、おいしい！　さすがねー鷹藤先輩。料理するのは知ってたけど、ここまでおいしいとは思わなかったわ。これじゃあ、餌付《えづ》けされて離れられないわね」

莉乃がからかうように言った。

「そうね……」

——もう離れることなんて、多分できないだろうな。

莉乃の言葉に環は曖昧《あいまい》な表情を浮かべて、そんなことを考える。

昨日のことで、環の居場所はあの飼い主の腕の中なのだと教えられていた。

「あら？　前みたいに否定しないの？　どういう心境の変化よ」

あっさりと肯定の返事をした環に何を感じ取ったのか、莉乃がその目を輝かせる。

「別にそんな大げさなものじゃないよ」

「そう？　ちょっと前まで鷹藤先輩から自立したいとか、相応《ふさわ》しくないとか無駄に迷ってた女の言葉じゃないと思うわよ」

莉乃の言葉に、思わず苦笑する。

「そんな風に見えてた？」

「見えてたわねー。そして、それを囲いたくて仕方ない鷹藤先輩とのやり取りには、色々と楽しませてもらったわ」

にんまり笑う莉乃に、先日の賭《か》け同様、鷹藤と環のことをネタにして裏で相当もうけていたなと察した。

悪い友人たちではないのだが、人のことを玩具《おもちゃ》にして遊ぶのは勘弁してほしいと思う。

「肩肘を張らなくてもいいのかな、って思ったのよ。陽介のでかさが私には見えてなかったみたいだし」

「あははは！　ようやく気付いたか！　鷹藤先輩もこれで少しは報われたわね。でも、あの人の場合、でかいっつーよりも、相当狭量《きょうりょう》だと思うわよ。環限定で‼」

目に涙まで滲《にじ》ませる友人に、環は首を傾《かし》げた。

「だって、あの人絶対に環を手放す気なんてなかったもの。イギリスに行って三年だっけ？　その間も、環を自分のテリトリーから絶対に出さなかったでしょ。大事に大事に、本人に気付かれないように囲ったままで。そんなことするくらいならさっさと攫《さら》えばいいって皆で言ってたくらいよ。まぁ、私は環が色々と気に病《や》んでたのも知ってたし、鷹藤先輩のお父さんのこともあったから、生ぬるく見守ってたけどねー」

莉乃にだけは、鷹藤の父とのことを言っていた。そんな、色々な事情を知っている親友の言葉に、環は返す言葉がない。

環には見えていなかったことが、友人たちにはわかっていたらしい。

「今回帰国して、ようやく手元に取り戻す気になったのかと思ったのに、お見合いを断るための愛人だとかぬるいこと言ってるから。一体どうなるかと心配してたけど、収まるとこに収まってくれてよかったわ」

自分が知らない間に、友人たちには随分《ずいぶん》心配をかけていたようだ。

「ありがとう」

「別にお礼言われることじゃないわ。私たちも色々と楽しませてもらったことだしねー。あの余裕ぶった人が環を囲い込むのに必死になってる姿とか、本当に面白かったもの。あぁ、鷹藤先輩も人の子だったのか、とか思ってホッとしたくらいよ」

にんまりと笑って話す友人に、環は困惑する。莉乃が語っているのは、本当にあの鷹藤のことなのだろうか。まるで違った人間の話を聞いているような気分だ。

「環にはそんな姿は想像できない？」

「うん。何か別人の話を聞いてる感じ？」

「そりゃそうでしょ。環に見せる顔と私たちに見せる顔、鷹藤先輩は全然違うもの。だから私たちは、環には鷹藤先輩の傍《そば》にいてほしいのよ。あの人の人間らしい顔を引き出せるのは環くらいだもの。ま、これに関してはそのうち環も気付くわよ。あんまり深く考えないでいいと思うわ。とりあえず私たちは、環と鷹藤先輩が幸せならそれでいいのよ。環を殴ったお見合い相手とか、鷹藤先輩のお父さんの問題とか解決してないことは色々とあるだろうけど、昔みたいに勝手に消えようとしないでよね」

ここでも過去の所業を責められて、環は複雑な心境になった。

——あの頃、そんなに無茶苦茶だったのかな？

過去を振り返ってみるが、当時はそれしかないと思って動いていたから、皆が言うように無茶をしたつもりはあまりない。

「なんかあったらうちにおいで。本間先輩も私も、環なら歓迎するよ。むしろこっちから頭を下げて、きてくださいってお願いしたいくらい。環の事務処理能力は、喉から手が出るほどほしいんだから。昔みたいに勝手にいなくなろうとするんじゃないわよ!!」

穏やかに微笑んで、莉乃が念押しするように言った。

親友の言葉に、環の心が温かいもので満たされる。

両親を亡くして、頼れるはずの親族にも裏切られた過去がある。でも、今の自分は、周りの人間に恵まれているのだと実感した。

職なし、家なしになったらうちにこいと迷わずに言ってくれる親友がいて、鷹藤のことを含めて心配してくれる上司や友人たちがいる。

——それはとても幸運なことなのだと、環は知っていた。

「何、笑っているの。こっちは真面目に言ってるのよ？」

「うん、わかってる。ありがとう。私って周りに恵まれてるなと、しみじみ実感してたのよ。今回のことで、もし職なし家なしになったら、今度は遠慮なく頼らせてもらうわ」

「そうしてちょうだい。あの頃は子ども過ぎて、鷹藤先輩がいなかったら何もできなかったけど、今の私なら環の力になれるわ。まぁ、私が手を出さなくても、環のことは鷹藤先輩が何とかするだろうけど。ていうか、あの執着の塊《かたまり》みたいな人が環を手放すわけないから、これは完全に余計なお世話ね」

肩を竦《すく》めた莉乃の言葉に、環は自分がどう反応すればいいのかわからなかった。

課長にしろ、莉乃にしろ、環のことは鷹藤が何とかするだろうと何の迷いもなくそう思っている。

確かに鷹藤は、環を守るために動いてくれるだろう。この間までと違い、今はそのことを、素直に受け止められる。

「ありがとう」

鼻の奥がつんとした。だが、環はずっと傍《そば》に寄り添っていてくれた親友に感謝を伝えるために、微笑んだ。

「……さーて、聞くこと聞いたし、私の昼の休憩も終わりにしようかな。環はそのご飯をさっさと食べて、薬を飲んで横になって」

しんみりとした雰囲気を打ち破るように莉乃が声を上げたので、環は素直に従う。

環が薬を飲んだのを確認した後、莉乃は慌ただしく仕事に戻っていった。

忙しい親友の手を煩《わずら》わせたことは申し訳なかったが、莉乃の訪問はいい気分転換になっている。

そのまま夜まで何度か、深い眠りと覚醒《かくせい》を繰り返した。

ふと、髪を梳《す》かれる感触に、環は目覚めを促《うなが》される。

目を開けると、オレンジの淡い光が寝室を照らしていた。そこに大きなシルエットが浮かび上がる。

「陽介?」

「あぁ、悪い。起こしたか?」

「帰ってたの?」

「少し前にな」

「おかえり」

「ただいま」

鷹藤がふわりと目元を緩《ゆる》めた。そのいつになく柔らかい表情に、環の心が音を立てる。

見上げた男の瞳は、どこまでも優しい色を宿していた。

スーツを着たままの姿でベッドの端に腰かけた鷹藤が、ネクタイを解《ほど》く。そして伸びてきた手が、環の頬に触れた。体温を確かめるように触れる男の指先がくすぐったくて、環は首を傾《かし》げる。

「熱は下がったみたいだな」

「だから、たいしたことないって言ったでしょ？」

「そうだったな」

ホッとした様子を見せる男を、環は軽く睨《にら》む。

「過保護すぎ。仕事中の莉乃に何を頼んでるのよ？」

「昨日の今日だから心配だったんだよ。うちの猫は何をするかわからないから」

ちっとも悪いとは思っていない口ぶりの男に、環は呆れた眼差《まなざ》しを向ける。

「さすがに今日くらいは大人しく寝てるわよ。子どもじゃないんだから、一人で大丈夫。もうあんなことしないで」

「どうだか？」

鷹藤が肩を竦《すく》めて笑った。頬に触れていた指が環の頬を滑り下り、昨日、佐奈美に殴られた口元に辿り着く。親指が、色を変えている環の唇の端をすっと撫でた。

痛みともつかない淡い疼《うず》きを覚えて、環は肩を震わせる。

「痛いか？」

問われて、環は無言で首を横に振る。

「やっぱり色が変わってきたな」

目を眇《すが》めた男の指に、環は指を絡《から》める。

昨日、佐奈美に殴られて切れた口元は、かさぶたになっていた。周りも赤く腫《は》れている。痛みはないものの、見た目は結構派手な被害だ。

機嫌が悪くなった男を宥《なだ》めるように、環は鷹藤の指を撫でた。

男から仄《ほの》かに煙草《たばこ》の匂いを感じた。滅多に吸うことはないが、気分が苛立《いらだ》つと吸うのだ。環が思っている以上に、鷹藤が置かれた状況は大変なのかもしれない。

「やっぱり目立つ？」

「一目で何かがあったとわかる程度にはな。……その顔がもうちょっと綺麗になるまでは、仕事を休んだほうがいい」

「課長にまた迷惑をかけるわね。娘さんに顔を忘れられちゃったら、申し訳ないな」

囁《ささや》くように告げれば、鷹藤の眇《すが》められていた目元が緩《ゆる》む。

「自業自得だろ。環一人が抜けたくらいで仕事がまわらなくなるなら、それは春樹の要領が悪いんだ」

「少しは労《いたわ》ってあげようって気はないの？」

「ないね」

にべもなくそう言い放った鷹藤が、環に手を伸ばす。

環は仕方なく笑って、大人しく男の腕の中に収まる。

抱きしめられると、煙草の匂いを余計に強く感じた。環は男の襟足《えりあし》をそっと撫でて、その髪を乱す。

淡いオレンジに照らされながら交わす会話は、穏やかな甘さを孕《はら》んで夜の闇に溶けていく。

「スーツ、皺《しわ》になるよ。着替えてきたら？」

「あぁ」

返事はしても動き出す様子のない男の背中を、指先で辿る。鷹藤の疲れに強張《こわば》っていた背中が、環の手のひらの下で緊張を解《と》いていくのを感じた。

触れた男の身体が熱を上げていく。

首筋に鷹藤の嘆息《たんそく》が吹きかけられて、環を抱きしめる腕が強くなる。

「……これ、生殺しだな」

「したいの？」

「まぁな。好きな女と一緒にいるこの状況で何も感じないほど、枯れてないんで」

さらりと告白する男に、環の心が甘く揺れる。

「さすがに今日は無理かな？」

「知ってる」

ひどく残念そうな男に、環はくすりと笑ってその身体を抱きしめた。

それから数日間、環は会社を休んだ。

「顔の傷も、まだわかるな。熱もまだ三十七度あるし、念のために今日も仕事を休んだほうがいい」

環の脇から体温計を取り出した鷹藤は、そう言って寝ている環の髪を乱した。

「いや、それくらいならもう大丈夫だから、そろそろ仕事に行くわよ。傷も化粧で誤魔化せるレベルだし！　もう五日も休んでるんだよ。これ以上迷惑かけられない」

ほとんど平気になっているにもかかわらず自分を寝かしつけようとする鷹藤に、抗議する。

「ダメだ。まだその傷に気付く奴は気付く。それに、こういうのは治りかけが肝心だ。無理しないで今日は寝てろ」

「でも」

「顔のケガで何か噂になるのも困るだろ。体調も万全とはまだ言えないんだから、今無理して職場で倒れたりしたほうが、他の人間に迷惑だろ」

「う――」

唸《うな》る環に、鷹藤が苦笑する。

「昼は環の好きなホットサンド用意してあるから」

子どもじゃないんだから食べ物でつられるか！　と思うが、鷹藤の言い分にも一理ある。

「今日は早く帰ってくるから、大人しくしてろ」

ぽんぽんと頭を撫でられた。まるっきり、ぐずる病気の子どもへの扱いだ。環とて、これで不満をもつのは贅沢《ぜいたく》だということはわかっている。

今、自分がこの上もなく大事にされて、甘やかされている自覚はある。

熱を出したときから今日まで、鷹藤には献身的ともいえる看病をされてきた。怠《だる》い身体の着替えの手伝いや、汗をかいた身体の清拭《せいしき》、食事の用意などなど。

いくらなんでも着替えくらい自分でできると言っても、嬉々として世話をやく男は一切聞かなかった。それどころか、「三年分甘やかされておけ」という無茶苦茶な答えが返ってくる始末。

初日こそ帰ってくるのが遅かった鷹藤だったが、仕事の調整をつけたのか、その後は残業をほとんどすることなく、真っ直ぐに自宅に帰ってきていた。そうして、環は鷹藤に構い倒されたのだ。

素直になってみれば、鷹藤の想いはわかりやすかった。

そんなわけで彼からの想いはもはや疑う余地はないが、環が振り回されている日常にあまり変わりはないような気もする。

鷹藤の婚約者や父親のことなど、問題は何一つ解決してない。

それをわかってはいるが、二人で過ごす時間の穏やかさに、環はもう少しだけこのままでいたいと問題を先送りにしていた。

「じゃあ、行ってくる」

環はパジャマ姿のまま、鷹藤を見送りに玄関まできていた。

「いってらっしゃい」

手を上げる環に、鷹藤が笑って手を伸ばす。手首を掴まれて引き寄せられた。

「いい子にしてろよ？」

そう言って額《ひたい》にキスを落とす甘い仕草に、環の頬が一瞬で赤く染まる。

額《ひたい》を押さえたときには、笑い声だけ残して鷹藤が出て行っていた。

――今さらいってきますのキスって。

恥ずかしさに目がまわりそうだと思いながら居間に戻って、ソファに座り込む。

そうして、鷹藤が用意してくれた朝食に手を伸ばした。

朝ご飯は、つまみやすいように握られた小さなおにぎりと、具だくさんのみそ汁、そしてお新香。

――本格的に餌付《えづ》けされてるな、私。

出汁《だし》のきいたみそ汁を飲みながら、環はくすりと笑う。

胃袋を掴まれるのは何も男だけの話じゃないと、最近環は実感していた。

環も料理はそこそこするのだが、味に関しては鷹藤に敵《かな》わない。

ご飯を食べ終えるとすることもなくなり、環はテレビをつけた。丁度《ちょうど》、朝のワイドショー番組をやっている。

人気俳優とアイドルの恋愛スキャンダルや不倫疑惑など、流れていく話題は様々だが、特別環の興味を引くものはなかった。

自然と、鷹藤のことを考え始める。

仕事を休んでいる間の業務の引継ぎのため、環は何度か課長と連絡をとっていた。その際に課長が教えてくれたのだが、今、たかやま食品のお嬢様と鷹藤の婚約の話は、立ち消えそうだという。

業務提携の話も、環に対する暴行に加えて、鷹藤が独自に調べた娘の余罪を表沙汰《おもてざた》にしないことと引き換えに、鷹藤側にかなり有利な条件のもと進んでいるらしい。

多分、鷹藤があの録音データを、婚約破棄だけではなく仕事にも有利に使ったのだろう。穏便《おんびん》にとは言えないかもしれないが、婚約破棄はできた。仕事で大きな利益を上げたのであれば、鷹藤の父親も文句は言わないだろう。

だが、今回の婚約話が立ち消えになったとしても、鷹藤の父親はきっとすぐに次の相手を見つけ出してくる。

鷹藤は父親のことは気にしなくてもいいと言うが、そういうわけにもいかない。

今の環は、幸せだと思う。この上もなく大事にされていることもわかっている。

なのに、どうしようもない不安を感じてしまう。

俯《うつむ》きそうになった環は不意にテレビから聞こえてきた笑い声にびくりとして、顔を上げた。

若手の芸人が何か失敗をしたのか、ゲストたちが楽しそうに笑っている。その底抜けに明るい笑顔を眺めているうちに、環の身体からふっと力が抜けた。

――やめやめ。余計なことを考えて、勝手に悲劇のヒロイン気分に浸《ひた》るなんてらしくない。

起こってもいないことを考えて、今の幸せを感じられないなんて馬鹿らしい。

環はヒロインじゃなくて、野良猫《のらねこ》だ。

野良猫《のらねこ》は野良猫《のらねこ》らしく、何があってもしぶとく生きていくだけ。

伸びあがり、勢いをつけてソファから立ち上がった。

鷹藤が帰ってくるまで時間はある。熱のせいで暫《しばら》くまともに動いていなかったから、身体もなまっている。掃除でもしよう。

こういう鬱々《うつうつ》とくだらないことを考えるときは、身体を動かして気分を変えるのがいい。

――今日は久しぶりに、環が陽介の好物を作ろう。

そう決めて、環は動き出す。

窓を開けると、綺麗に晴れた空が見えた。

見渡す限りの青空に、環の気鬱《きうつ》も晴れていくような気がする。

「よし！」

短く自分に気合を入れ、環は家の掃除を始めた。


「ん。いい感じ」

夕飯の最後の仕上げをした環は、満足のできに微笑む。

今日は環の得意料理の一つで鷹藤の好物でもある、鶏肉のトマト煮込みを作った。

鶏肉を皮がパリッとするまで焼き、一旦フライパンから取り出す。鍋に、薄くスライスした玉ねぎ、ベーコン、ニンニクをオリーブ油で一緒に炒めて、塩をしっかり振る。それをさらに野菜に甘みが出るまで炒め続ける。そこに白ワインと鶏肉と細切りにしたピーマンを入れて蓋《ふた》をして、ことこと弱火で煮込む。鶏肉が柔らかくなったら、最後にトマトのダイス缶を入れて一煮立ちさせて完成だ。

この煮込みは見た目は豪華で手間がかかっているように見えるが、時間と火加減にさえ気を付ければ簡単にできる。環の母が、誕生日など家族の記念日によく作ってくれた料理の一つだった。両親を亡くしたとき、環はまだ十九歳で、母の味として覚えている料理はあまり多くない。

このトマト煮込みも、最初はよく失敗していた。煮込むときの火加減がいまいちよくわかっていなかったのだ。だが、環がこの味を作れるまで鷹藤が根気よく付き合ってくれたおかげで、今は環の得意料理の一つになっている。

次に、サラダにとりかかる。アボカドを適当な大きさに切って、サラダ菜と生ハムと一緒に散らす。そこにクリームチーズを一緒に盛りつけて、バルサミコ酢とはちみつを煮詰めたソースをかける。これも、もとは母の得意料理の一つだった。

料理上手だった母にもっと色々と料理を習っておきたかったと思うが、それはもう叶わない。

サラダにラップをかけて冷蔵庫にしまって、一息つく。

それから、みじん切りにしたえびと鶏のひき肉で、バター風味のパスタソースを作った。

野菜スープだけはでき合いのものになってしまったが、これで何とか夕飯の準備は完了した。

あとは鷹藤が帰ってくるのを待って、パスタを茹《ゆ》でて、作ったソースに和《あ》えるだけ。

――陽介は喜んでくれるかな？

環がそう思ったまさにそのタイミングで、玄関で鍵を開ける音がした。そしてすぐに、「ただいま」という鷹藤の声が聞こえてきた。

「おかえり」

玄関に顔を出した環に、鷹藤が微笑む。

朝に宣言していた通り、鷹藤の帰宅は早く、時刻はまだ夕方の六時だった。

「調子は大丈夫か？」

「もう何ともないよ」

玄関で靴を脱いで早々に環の額《ひたい》に手をあてて体調を確認してくる鷹藤に、環は苦笑する。

「熱は大丈夫そうだな」

「おかげさまで、もうすっかり体調はよくなったよ。それよりお腹空《す》いたでしょ？　今日はご飯作ったから早く上がって」

「ああ、何かいい匂いがすると思った。夕飯何？」

「鶏肉のトマト煮込み」

「おっ、あれか？　それは楽しみだな」

好物のメニューに、鷹藤の目じりが柔らかく緩《ゆる》む。

「すぐ食べられるように用意しておくから、手洗いとうがいして、着替えてきて」

「ん、わかった」

鷹藤は環の言葉に従って、素直に自分の部屋に向かう。

環はキッチンでパスタを茹《ゆ》で始めると同時に、トマト煮込みに火を入れて温め直した。

「何か手伝うか？」

「じゃあ、冷蔵庫にサラダが入っているから、出しておいて」

「ん。他には？」

着替えてキッチンに顔を出した鷹藤に、環は食器の準備を頼む。

テーブルに料理を並べて席に着いた途端、鷹藤が環の顔色を見つめてくる。

「随分《ずいぶん》ご馳走《ちそう》だな。無理したんじゃないのか？　なんか部屋も綺麗に片付いてるし」

いつの間にか過保護になった男に、環は肩を竦《すく》める。

「おかげさまで身体ならもう大丈夫よ。誰かさんの献身的な看病もあったしね。食欲もばっちりだし、これ以上寝てたらなまっちゃうわ。お礼もかねて頑張って作ったんだから、温かいうちに食べてよ」

「そうだな。じゃあ、ありがたくいただくとするか」

二人揃って手を合わせた。

「いただきます」

ナイフとフォークを手に、食事を始める。

「うん。やっぱりうまいなこれ」

柔らかく煮込まれほろほろになった鶏肉を口に含んだ鷹藤が、本当においしそうな顔をする。環の心の奥が、ふわりと温度を上げた。

何だか目の奥が熱くなる。

好きな人がいて、自分の手料理をおいしいと言って食べてくれる。そんな些細《ささい》なことが幸せなのだと実感する。

これがあたり前の日常じゃないことを、環は知っている。今日と同じ明日がくるとは限らない。

それは両親を事故で亡くしたときに思い知らされた。

父と母がいて、環がいて、誰かの誕生日といえば、この鶏肉のトマト煮込みが食卓に上がる。

そんな幸せで優しい風景は、環がどんなに努力したところでもう二度と取り戻すことはできない。

だから、今あるこの幸せを環はそっと噛みしめる。

「環」

「何?」

呼びかけられて、物思いから覚めた。

こちらを見つめる鷹藤の眼差《まなざ》しに、環は自分が食事の手を止めて、束の間ぼんやりしていたことに気付く。

「遠い目してたけど、何考えてた? それともやっぱり具合悪いのか?」

「身体は本当に大丈夫。別にたいしたこと考えていたわけじゃないよ。ちょっとお母さんやお父さんのことを思い出してたの」

まさか目の前の男との小さな幸せを噛みしめていたとは言えなくて、両親を言い訳に環は目元を緩《ゆる》める。

「どんなこと?」

「この鶏肉のトマト煮込みって、お母さんの得意料理だったんだけど、お父さんの好物でもあったの。だから、家族の誕生日とか記念日とかそういう特別な日にはよく作ってくれてた」

いつになく柔らかな表情を浮かべた男の問いかけに、環は懐かしさとともに両親との思い出を語る。

昔はあまり語れなかった。思い出すたびに痛む胸の傷に、家族のことを口にすることを避けていたのだ。それを知っている鷹籐は、ただ静かに環の話に耳を傾けてくれる。

今、こうして両親の話を穏やかにできるようになったのは、目の前の男のおかげだ。

「環の家は仲がよかったんだな」

「どうかな？　多分、ふつうだったんじゃないかな。特別仲がよかったとは思わないよ。結構、思い出を美化している部分もあると思うわ。反抗期とかあったしね」

「そうか」

「うん」

視線を下げて微笑む環に、鷹藤が静かに頷く。

環の言葉を否定しない男の優しさに、少しだけ泣きそうになる。

そんな自分の顔を見られるのが照れくさくて、環はそっと視線を下げた。

「陽介、おかわりは？　結構作ったからまだあるよ？」

思いがけずしんみりしてしまった雰囲気を変えたくて、環は明るい声を出した。

「じゃあ、もらうかな」

「うん」

鷹藤から皿を受け取って、キッチンに向かう。

「赤ワインでも飲むか？」

「いいわね。何を開ける？」

席を立った鷹藤が、キッチンに入ってくる。

ふわりと背中が温かくなった。環のへそのあたりに、鷹藤の両手が回される。背後から抱きしめられて、環は驚いた。

「ちょっと何？　ワイン選びにきたんじゃないの？　危ないじゃない」

環はガス台の上に皿を置いて、鷹藤をふり仰ぐ。すると、こめかみにキスが落とされた。

「なぁ、環」

「何？」

「また作ってよ」

「これを？」

視線で鍋の中の料理を示すと、「そうだ」と鷹藤が頷く。

「いいわよ、別に。でもそんなことを言うために、こんな危ない真似しないでよ」

咎《とが》めるような眼差《まなざ》しを向けて、腹にまわった鷹藤の手をぽんぽんと叩く。

鷹藤の手に、力が込もった。

「約束したからな。来年も、再来年も、俺たちが年をとっておじいちゃんとおばあちゃんになっても、記念日ごとにこれを作ってくれ」

鷹藤の言葉に、環の動きが止まる。

あまりにさらりと言われたその言葉が意味するものは――

訊《たず》ねようとして口を開くが、何をどう聞けばいいのかわからない。

「……それって、プロポーズ？」

何とか紡ぎだした言葉は、自分でも呆れるほどに震えていた。

「そう」

これまたあっさりと頷く男に、腹が立つ。

――こちらはこんなに動揺しているっていうのに！

溢《あふ》れ出した感情を上手く自分の中でまとめきれず、環の心は揺れ動く。

泣きそうで、嬉しくて、今のこの感情を表す言葉が見つからない。

「たーまーき」

不意打ちで人を振り回すのが得意な男は、黙り込んだ環の旋毛《つむじ》にキスを落とす。

何だかいろんな感情が溢《あふ》れすぎて、我慢できなくなった。

環は鷹藤の腕の中でくるりとまわり、その広く大きな胸に顔を埋めてぎゅっと抱きつく。

「これから、もっと上手く作れるようになるから――」

「うん？」

「だから……陽介は、これを作れるようにならないで。それで、私が失敗してもちゃんと全部食べて」

素直になりきれずに告げた返事は、自分でもひねくれていると思った。

でも、これが今の環に返せる精一杯だ。

「わかった」

鷹藤が嬉しそうに笑って、環の身体をぎゅっと抱きしめる。

「絶対にこれだけは作らないよ」

頭上から降ってくる笑い声。温かい身体に目を閉じて、馴染《なじ》んだ男の匂いを吸い込む。

胸の中が疼《うず》いて、ひどく泣きたいような気持ちを味わう。

きっとこれから先も、環は振り回される。この目の前に男に——

今だって、この男が何を考えているのかわからないことのほうが多い。

そんなふうにいつだって環を振り回して笑っている男だが、決して環を傷つけることだけはないと知っている。

だからもう、それだけでいい。

なんだかんだと怒りながらも、環は自由に笑っている鷹藤が好きだった。

この場所を誰かに譲るなんて、もう考えられない。

だから、ずっとこの場所にいていいのだとこの飼い主がそう言うのなら、環はここにいる。

どんなことがあってもこの腕の中にいられる自分でいようと、覚悟を決めた。

それはこれまで逃げる覚悟ばかりを決めていた環が、初めて闘うことを決めた瞬間だった。

☆

それから数日は、特に何事もなく過ぎた。環の熱も下がったし、顔の傷もすっかりよくなった。ふつうに仕事にも行っている。鷹藤はというと、仕事が溜まっていたのか、忙しそうにあちらこちらを飛びまわる日々が続いていた。自宅に帰ってくるのは日付が変わってからということも珍しくない。

それでも環の朝食をしっかり用意しているあたりが、何とも鷹藤らしいと思う。

無理しなくていいと伝えても、『好きでしていることだから環は気にしなくていい』と笑う。そんな男に、環は何も言えなくなる。

課長がこっそり教えてくれたところによると、たかやま食品のあの令嬢との婚約話は、完全になかったことになったそうだ。そして、業務提携の話も、最後の調整段階に入っているらしい。そのせいで、鷹藤は色々と忙しいようだ。

たかやま食品との業務提携の話がまとまれば、多分、彼はまたイギリスに戻る。

そのとき、自分はどうするのか。

結婚はすると思う。この先も一緒にいたいという気持ちに嘘はない。

でも、これから先の一生を鷹藤と過ごすと覚悟を決めたからこそ、このままではいられないと感じていた。

結婚するからといって、昔のように鷹藤に生活の全部の面倒を見られてしまうと、また勝手に自信を失いそうだ。

結婚しても一緒にいたいから、自分に自信がもてる何かを見つけたい。

何もないままの自分ではいたくないと、環は強く思うようになっていた。

「水森君。悪いんだけど、これ急ぎでまとめてくれる？　皆も悪い、色々手伝ってくれ」

定時間際に、課長から書類を渡された。

「木曜日予定の会議が急遽《きゅうきょ》明日になったんだ。本当に悪いんだけど頼む！」

両手を合わせて頭を下げる課長に苦笑しつつ、渡された中身を確認した。

これは終電覚悟かもしれない。

「大丈夫ですよ。明日までですね」

書類と資料を準備して、パソコンに向かった。

むしろ丁度《ちょうど》よかった。

一人になると余計なことばかり考えてしまうから、目の前に片付けるものがあったほうが気が楽だ。

鷹藤にも言われたが、環が考えすぎるとろくなことにならないというのは、きっと間違いではない。考え込みすぎるのは自分の悪い癖の一つかもしれないと、環自身うすうす感じていた。

鷹藤に一応、今日は仕事で終電になるかもとメールを送る。

すぐに返信がきて、環はちょっと驚いた。

『わかった。あまり遅くなるようなら迎えに行くから連絡寄越せ』

今日も過保護な飼い主に、環は小さく笑う。

——自分だって忙しいくせに、過保護すぎるんじゃないの？

そう思うが、忙しい男の気遣いが素直に嬉しい。

さて、頑張りますか！　と気合を入れて、環はパソコンに向かった。

二十一時過ぎ――周りのサポートもあって、資料は予想以上に早くまとまった。

「皆ありがとう！　これで何とか明日には間に合うよ。今日は無理だけど、そのうち絶対に何かおごるから！」

「課長、その約束、絶対に守ってくださいよ！」

「わかっている！　奥田《おくだ》も遅くまですまなかったな」

手伝ってくれていた先輩社員たちが笑いながら手を上げ、荷物をまとめて帰って行った。

それに遅れてパソコンの電源を落とした環も、帰り支度を始める。

「水森君も遅くまで悪かったね」

「いいえ、大丈夫ですよ。明日の会議、頑張ってくださいね」

「今日は本当にありがとう。駅まで送るよ」

「ありがとうございます」

夜のオフィス街は人通りもなく、閑散《かんさん》としていた。

二人は駅に向かって一緒に歩き出す。

「陽介は今日も遅いの？」

「どうでしょう？　さっきメールしたときは、遅くなるなら迎えにくるって言ってましたね」

「そうか。ねぇ、水森君」

「何ですか？」

「どうするの？　陽介と一緒にやっぱりイギリス行くの？　それとも帰ってくるの待つ？」

ストレートに問われて、環は空を見上げた。

何気にこの二人の間はツーカーだといつも思う。お互い忙しいはずなのに、いつ連絡を取っているのか。不思議で仕方ない。

「ここまで育ってくれた部下を手放すのは、正直惜しいんだよね。陽介や君の幸せのためなら祝福はするんだけどさ。これからのこともあるから、上司としては君の動向を知っておきたいなって」

軽い口調で問われて、環は何と答えるべきか一瞬迷った。

きっとこの質問の答えは、鷹藤にも伝わるのだろう。そう思うと、余計に悩む。

「正直、迷っています」

空を見上げたまま環は答えた。

明るすぎる地上の光に押されて、星は見えない。でも、月は綺麗だ。満月には足りない、少しだけ欠けた月。それは、満たされているのに、いまだにどこか不安になっている自分のようで、環を感傷的な気分にさせる。

「何に？」

「このまま陽介についていっても、三年前の繰り返しになるんじゃないかって。嫌、なんですよね。何にもない自分のままでいるの。きっと自信を失《な》くして勝手に潰れちゃう。だから、今すぐっていうのはちょっと迷っています」

鷹藤には言えないのに、何故か課長にはすんなりと自分の今の気持ちを言えた。

「ふーん、なるほどね。家庭を守って陽介を支えてあげるだけじゃ足りない？」

「そういうことじゃないんです。多分……何て言えばいいのかな？　陽介の腕の中ってすごく居心地よくて、ダメな自分でもいい気がしちゃうんですよ。でも、それだと一緒にいる意味がない。陽介は何にも執着したくない男だし、このままだといつか私のことが重荷になる」

それが何より怖いです――

「あれ、もしかして俺、強烈にのろけられてない？」

茶化すように軽いノリで、課長が笑う。

「え？　のろけてませんよ別に？」

驚いた環が足を止めると、二、三歩先に進んだ課長が後ろ姿のまま両手を空に伸ばす。

「そう？　何か俺、今盛大にのろけられた気がするよ。あぁー早く帰ろ。奥さんと娘に会いたい!!」

両手を上げたまま課長が、空に向かって叫ぶ。

「課長」

呆気に取られてから、環は思わず笑い出した。

愛妻家で子煩悩《こぼんのう》だというのは知っていたが、まさか道の真ん中で叫び出すとは。

環の笑い声に反応するように課長がこちらを振り返って、優しく微笑む。

「そんなに心配しなくてもいいと思うよ？　あいつ確かに何にも執着しないように見えるけど、本当は誰かを愛したくてたまらない男だから。あいつの愛は、はた迷惑なくらいでかいからね。水森君が成長したいって気持ちで甘えたら、多分全力でデレるよ」

からかう口調で言われて、環は指先で頬をかく。

「いや、別に陽介に全力でデレてほしいとは思っていないのですが」

――今でも十分だと思っているので、これ以上は勘弁してほしい。

本気で自分がダメになる予感しかしない。

そんな心情が顔に出ていたのか、課長は何だか嬉しげな顔をした。

「ふふふ。まぁ、とりあえず陽介の前から逃げる覚悟を辞めてくれたみたいだから、今日はそれだけでいいかな？」

「その節は色々とご相談にのっていただき、ありがとうございました」

ぺこりと頭を下げた環に、課長は「気にしないで？　俺がお節介な心配しているだけだからさ」と笑った。そして環の頭をポンポンと撫でる。

その手つきはやっぱり鷹藤にそっくりで、環は苦笑する。

迷いを口に出したことで、少しだけ心がすっきりしていた。同時に、この悩みはまだ暫《しばら》く解決しないんだろうなと思う。

でも、それも仕方ない。環は再び空を見上げる。

環はこれから先もずっとあの男の傍《そば》にいたいのだ。

丸ごと抱えて愛されるより、並んで歩けるようになりたい。

とりあえず、今はその想いを糧《かて》に、成長できるよう頑張ろう。

「水森様」

駅までもうすぐという場所で、不意に呼び止められた。

課長と一緒に振り返り、そこに立っていた人を確認して、驚きに目を瞠《みは》る。

「お久しぶりです」

頭を下げるその人は、以前に会ったときと何一つ変わっていないように見えた。

——あぁ、そりゃそうだよね。放っておいてくれるわけないよねー。

棒読みのそんな感慨が、一瞬で環の脳裏《のうり》を駆け抜ける。

「ご一緒にきていただけますか？　私の主《あるじ》がお話したいと申しております」

かつてと同じ内容のセリフ。

環が断ることを前提としていないその言葉に、環は苦笑して息を吐き出した。

「わかりました」

「ちょっと！　水森君⁉」

課長が驚きの声を上げて、環の肩を掴む。

「あれ、おじさんのところの吉田さんだよね！　そんな簡単に了承しちゃダメだよ⁉　今、陽介に連絡するから。せめてそれまで待って！」

捲《まく》し立てる課長から優しさと心配を感じとって、苦笑したまま環は手を上げた。

「ご心配ありがとうございます。でもきっと大丈夫ですよ？」

「何が大丈夫なの!?」

「いや、さすがに命取られることはないかなと思うので」

「いや、そういう問題じゃないよね？」

「そうですか？　本当に大丈夫ですよ。会うの初めてじゃないですし」

「どういうこと？」

「秘密です。今日はここまで送ってくださってありがとうございました。また明日」

「水森君!!」

止める課長の手をそっと外して、環は吉田のもとに向かう。

「すみません、お待たせしました」

黙って環たちのやり取りを見守っていた吉田に、頭を下げる。

「いえ、突然の申し出を受けてくださってありがとうございます」

あのときと変わらない穏やかな微笑で、彼は頷いた。

「それでは行きましょうか」

示された先にあるのは、高級車。しかし、鷹藤の父親は乗っていないらしい。

これから会いに行くことに変わりはないのに、そのことにちょっとホッとする。

冷たい侮蔑《ぶべつ》の表情と吐き捨てられた言葉を思い出せば心が竦《すく》みそうになるが、あの頃と違って今の環は鷹藤の気持ちを信じられる。

——だから、きっと大丈夫。

環は自分に言い聞かせて、促《うなが》されるままに歩き出した。

「水森君！」

課長に呼びかけられて、車に乗る寸前で振り返る。

「本当に大丈夫ですから。それと、陽介には連絡しないでください。これ、多分、私が何とかしないといけない問題だと思うので」

笑う環に、課長が何かを言いかけた。だが、環の微笑に何かを感じ取ったのか、諦めたようにため息をついた。

「前にも言ったけど、何かあったらちゃんと相談して。そして、一人で抱え込まないで」

「はい」

「それから、二時間たっても連絡なかったら陽介に電話するからね！　これだけは譲れないよ！」

課長の心配ぶりに、なんだか悪の組織に攫《さら》われるお姫様の気分だなんてことを思いながら、環は苦笑して頷いた。

「大丈夫ですよ、春樹様。水森様のことは私が責任をもってお送りいたします」

それまで黙っていた吉田が、課長に温和な微笑を向けて言った。

「その言葉、信じるからな」

――いやいや、だから、私はどこに連れて行かれるの？　恋人の父親に会いに行くだけのはずなんだけど。

課長の過保護すぎる態度に、肩の力が抜けそうだ。

「課長、心配していただいてありがとうございます。私は大丈夫ですよ。娘さんが待っているから早く帰ってあげてください。また、顔、忘れられちゃいますよ？」

明るく笑ってそう言ってから、環は車に乗った。

外から吉田がドアを閉める。そしてすぐに運転席に乗り込んできた彼は、滑《なめ》らかな運転で車を出した。

「どこに行くんですか？」

車窓を流れていく景色を眺めながら問う。

「ホテルオーランドに向かっております」

返ってきた答えは、都内でも有数の高級ホテルの名だった。環自身は足を踏み入れたこともない。

――って、待て。この格好で大丈夫なの？

環は思わず自分の服装を見下ろした。

会社帰りの今、一応、ちゃんとしてるとは言える。スカートにブラウス、そして、ジャケットだ。ドレスコードに引っかかるような格好ではないだろうことに安堵《あんど》する。

メイクを直す時間がないのが痛いところだ。

環はこっそりと車窓に自分を映して、仕事終わりの多少乱れた髪を整える。

今さら見た目だけ整えたところで、鷹藤の父親の環への評価は変わらないだろう。でも、少しでもましな格好をしていたいのは女心だ。

車はすぐに、ホテルのエントランスに辿り着いた。

吉田と一緒に車を降りる。彼はドアマンに鍵を渡して、車を駐車場に回してもらうよう手配していた。

「水森様、こちらです」

振り返った吉田のあとに従って、環は高級ホテルに足を踏み入れる。

きらびやかな照明に一瞬足が竦《すく》みそうになるが、無理やり息を吐き出して、緊張を和《やわ》らげた。

案内されたのは、最上階にあるレストラン。世界的に有名なレストランガイドで星三つを獲得している超高級店の、最奥の個室だった。

中に入ると、鷹藤の父親がこちらに背を向けて立ち、窓から夜景を見下ろしていた。

「宗助様。水森様をお連れしました」

吉田が声をかけると、鷹藤の父親が振り返った。

じろりとこちらを見つめる目は相変わらず酷薄《こくはく》な色を宿していて、環の心を射抜く。

「お久しぶりです」

委縮《いしゅく》しそうな気持ちを堪《こら》え、環は頭を下げる。だが、帰ってきたのは無言の威嚇《いかく》だった。

「座りたまえ」

挨拶《あいさつ》もなく、視線だけで手前の席を示されて、環は促《うなが》されるままに鷹藤の父親の正面に座った。

「それでは私は失礼いたします。水森様がお帰りの際はお呼びください」

吉田はそう言って、二人が席に着いたのを確認した後、個室を出て行った。

「またこうして君と会うことになるとは思わなかった。互いに楽しい食事にはならんだろうが、少し付き合ってもらおうか」

「はい」

料理を待つ間、気まずい沈黙が二人の間に落ちる。

かつてと同じ、品定めするような眼差《まなざ》しが注がれているのを環は感じた。

いや、あのときよりも格段に冷ややかになっている。その視線の意味を考えて、内心でため息をつく。

歓迎されていないのは百も承知だが、このまま無言で品定めされるのは正直気持ちいいものではない。

――さて、どうしようか。

案外冷静にそんなことを考えながら鷹藤の父親の出方を窺《うかが》っている自分が、環には意外だった。

「私は、君は人生の損得計算がちゃんとできる女性だと思っていたんだが、違ったのかね？」

「どういう意味でしょうか？」

ようやく口を開いたと思えば、飛び出てきたのは痛烈な皮肉だ。環の顔が引きつりそうになる。

なんとか平静を装《よそお》いながら問い返せば、じろりと睨《にら》まれた。

以前であれば、きっとその眼差《まなざ》し一つで怖気《おじけ》付いていただろう。

でも今、環は酷薄《こくはく》に歪《ゆが》められたその目を真正面から見返すことができる。

怖くないと言えば嘘になる。でも、ここで引くわけにはいかないのだ。

「あのとき――孤児は陽介の傍《そば》にいらないと言ったはずだが？　そして君は、小切手を受け取った」

答えを求めていない鷹藤の父親の口ぶりに、黙って話を聞きながら環は考える。

——そういえば、あの小切手どうしたっけ？

記憶を辿って、思い出した。鷹藤に見つかると色々と面倒だと、破り捨てたんだった。

「あのときの小切手は使わなかったようだが、その後ちゃんと陽介の傍《そば》を離れた。私は素直な君を評価した。だから、君がわが社の系列企業で働くことも看過《かんか》した。君ほど計算ができる女ならその意味がわかると思っていたんだが、私の見込み違いだったようだ」

——あぁ、そういうことだったのか。

もともと鷹藤総合商事は環の第一希望の就職先だった。

だが鷹藤とのことがあったせいで、そこで働けることはないと思っていた。それでも諦めきれず、ダメもとで受けた結果、意外にも内定が出たのだ。それ自体、環も不思議だった。

しかしその後、大会社の社長にグループ会社の新入社員の情報なんて届かないのだろうと納得していた。だが、逆だったのか。鷹藤商事への就職は、小切手を使わなかった環への手切れ金代わりだったのだ。

「今回はたかやま食品の娘があまりに馬鹿すぎたおかげで、こちらに有利にことを進めることができた。それは君に感謝しよう。おかげで陽介には、もっといい縁談を探すことができる。たかやま食品に陽介はもったいないと考えていたところだったからな」

息子を駒の一つとして扱う目の前の男に、環は胃の奥が冷えるような感覚を覚えた。

——親子なのに。

そう思ったが、同時にこの二人が相容《あいい》れることがないのも理解できた。

鷹藤が人にも物にも執着を見せないのは、この父親の影響だろう。

人を支配するのが当然だと思っているこの父親を見ていたら、鷹藤があんな男になったのも納得できる。

家族であっても、いや家族であるからこそ、二人は距離を埋められない。

短いやり取りしかしてないが、環はそれをひしひしと感じていた。

「だが、新しい相手を探すにしても、君の存在は足枷《あしかせ》になる。結婚前の遊び、もしくは一時《ひととき》の愛人というのなら見逃すこともできるが、どうやら陽介は君を手放す気がないらしい」

全く困った奴だ、と言う鷹藤の父親の表情は、ひどく忌々《いまいま》しげだった。

しかし次の瞬間、その表情が変わる。うってかわって穏やかな微笑みを環に向けてきた。

「頭のいい君のことだ。私が何を言いたいかわかるね?」

初めて微笑みらしきものを浮かべた鷹藤の父親に、環は背筋が寒くなった。

こういう笑い方は、怒ったときの鷹藤とそっくりだ。

笑っているはずなのに、目は全く笑ってない。父親のほうが年輪を重ねているせいか、凄《すご》みがあるように感じた。

猫にいたぶられる寸前の鼠《ねずみ》になった気がする。

環はその微笑みを見つめ返しながら、小さく息を吐き出した。

前の自分なら、きっと泣いて逃げ出していた。

あの男が自分をちゃんと好きなのかどうか、自信がなかったから――

でも、今はあの男に愛されていると感じることができている。

そしてこの先もずっと一緒にいる覚悟も決めた。

だから、環は対面する鷹藤の父親相手に微笑む。

――笑え。いつも通りに笑って、怯《おび》えを見せるな。怯《ひる》んだら、つけ込まれる。

初めて会ったあの日。

痛いところを突かれて呆然としている間に、すべてを決められていた。

あんな思いは一度で十分だ。

もう絶対に隙は見せない。

お腹に力を入れて、環は意地で笑う。

そして穏やかな笑みを浮かべたまま、鷹藤の父親を見返す。

「何を言いたいのかわかりません」

「ほう？　はっきり言わないとわからないというのかね？」

「えぇ」

環の言葉に、目の前の男が少し意外そうな表情を浮かべた。それは、どこか面白がっているようにも見える。

「では、はっきりと言おう。陽介のもとを去ってくれ。前も言ったが、孤児は陽介の傍《そば》にいらないんだよ。今、あいつのもとから大人しく去ってくれるというのなら、今回の功績に報《むく》いて望むものをすべて与えよう」

「お断りします」

にっこりと微笑んだまま環は答える。鷹藤の父親の目が細められ、その顔から微笑が消えた。

「ほう。断ると言うのかね？」

「はい」

頷く環に、鷹藤の父親はますます面白そうな顔になった。だが、その目は変わらずに怜悧《れいり》な光を宿していて、油断ならない雰囲気のまま環を見つめている。

「今なら、君の望むものが手に入るかもしれないのに？　君みたいな育ちの人間であれば、金はいくらあっても喜ばしいことで、困るものではないと思うがね？」

――そんなにお金に困っていると思われていたのか。

侮蔑《ぶべつ》も露《あら》わな物言いに、カチンとくる。

確かに、昔は鷹藤の援助を受けて生活していた。それは否定しない。

でも、今の環はちゃんと自立しているつもりだ。社会人として果たすべき義務はちゃんと果たしている。

そして、そこまでお金に執着があるわけじゃない。

あれば困らないだろうが、身にそぐわない大金を手に入れて変わってしまった実例を間近に見ているだけに、環はそこまでお金に執着していなかった。

交渉決裂。

これ以上は、きっとどこまでも平行線だ。

「お話がそれだけであれば、これで失礼します。多分、これ以上話し合っても、交渉がまとまることはないと思うので」

環は静かに席を立つ。

この父親と環では、互いに見ているものが違いすぎる。

「待ちたまえ」

「何でしょう？」

出口に向かおうとした環を、鷹藤の父親が呼び止めた。

「君がほしいものは何だね？　地位か？　それとも名声か？」

再び投げかけられた問いに、環の頭に真っ先に男の顔が浮かぶ。

――間違ってないはずなのに、理不尽に感じてしまうのはどうしてだろう？

それでも、今の環にあの男以上にほしいものはなかった。

「あえて言うなら」

「あえて言うなら？」

「お宅の息子さん、ですかね？」

意表を突かれたように、鷹藤の父親が目を丸くする。

――この人、こんな顔できるんだ。

今まで見た中で一番人間らしい表情だ。

まあ、鷹藤の父親の驚きもわからないでもない。ふつう、父親相手にお宅の息子さんがほしいですなんて言わないだろう。

自分でもかなり恥ずかしいことを言った自覚はあるが、放《はな》ってしまったものは取り消せない。

羞恥《しゅうち》に顔が赤くなっているのを自覚しつつ、環はあえて平気な振りを通す。

「あれがほしいと言い張るか。貪欲《どんよく》な人間は身を亡《ほろ》ぼすと決まっているが？」

裏に込められた脅《おど》しを感じないわけじゃなかった。

だが――

明日から無職になるというのなら、上等。覚悟の上だ。

鷹藤の父親が本気になれば、環など吹けば飛ぶような存在だろう。

でも、ここで逃げるわけにはいかないのだ。

この父親に何も言い返せなかった弱い自分はもういない。

「そうかもしれませんね。でも、私、欲張りなんですよ。ものすごく」

ここまできたら何を言っても同じ。環がこの父親に気に入られる日はこない。

このとき、環は気付いた。自分がひどく怒っていることに。

――あぁ、そうか。悔しいんだ。

鷹藤を政略の駒のように扱い、環を貶《おとし》める目の前の人に、一矢報《いっしむく》いたい。

一方的に傷つけられる謂《いわ》れはないのだ。

お腹に込めた力はそのままに、環はにっこりと微笑んで、鷹藤の父親に宣戦布告する。

「だから、お宅の息子さんは私がもらいます」

「ぶはっ!!」

きっぱりと告げた瞬間、何故か背後から聞き馴染《なじ》んだ笑い声が聞こえてきた。それも大笑いする声が。

「ん?」

環の眉間《みけん》に皺《しわ》が寄る。

目の前の鷹藤の父親はというと、苦虫を噛み潰したような表情を浮かべていた。

振り向けば、個室の扉がわずかに開いていた。

「陽介?」

息が途切れ途切れになるほどに続く盛大な笑い声に呼びかけると、「す、すまん」と涙まで浮かべて笑っている男が顔を出した。

「腹、痛い……」

いきなり現れて爆笑する男に環が呆れた眼差《まなざ》しを向けると、鷹藤は手を上げ、「ご、ごめん。ちょっと待って」と答え、さらに笑い続けている。

「何してるわけ?」

——というか、何故ここにいる。一体、いつから話を聞いていたの?

環の頭の中で疑問が渦《うず》を巻くが、答えを知っているはずの男はいまだに笑い続けるばかり。

二人分の冷たい眼差《まなざ》しに晒《さら》されて、鷹藤がようやく笑いやむ。

「はぁー笑った。せっかくの雰囲気をぶち壊して悪いな。いやー春樹から、環が親父に連れてかれたって連絡もらったから」

いつもの飄々《ひょうひょう》とした表情に戻った鷹藤がそう言って、滲《にじ》んだ涙を拭《ぬぐ》った。

――課長の裏切り者!! 二時間の約束はどこにいった。

「しかし、春樹のおかげでいいもの聞けたわ」

そう言った鷹藤は個室に入ってきて、するりと環の腰に手を回した。ぐっと引き寄せられる。

こめかみにちゅっとキスが落とされて、環は驚きに目を瞠《みは》った。

「本当にうちの野良猫《のらねこ》は、目を離すと何をするかわからないな」

「ん?」

「熱烈な愛の告白だったな、環。息子さんは私がもらいますって。だが、ああいうのは親父じゃなくて、俺に言ってほしかったかな」

にやりと笑う男に、忘れていた羞恥《しゅうち》を思い出す。背中にどっと冷や汗が流れた。

「忘れて! 今すぐ忘れて!!」

「嫌だね。絶対に忘れてやらない」

叫んで暴れる環を片腕で捕獲しつつ、鷹藤はおかしそうに笑った。

それから、真っ直ぐに父親に視線を向け、片手にもっていた書類ケースをテーブルの上に置いた。

「たかやま食品との契約はまとめてきた。原材料の取り扱いと、それからうちの食品部門との提携。

冷凍食品の開発販売で、販路を広げることにもなった。高級品指向の今、あそこが作る冷凍食品が気軽にスーパーでも手に入るとなれば、販路はさらに広がるだろう。あなたが望んでいた以上の条件でまとめてきたつもりだ」

鷹藤の言葉に、彼の父親は黙って書類に目を通し始める。

「ここまでやったか」

今までの苦い表情が一転、満足そうな経営者の顔に変わる。一方でそれを見た鷹藤の表情が、冷めたものに変わった。

「別に政略結婚なんてしなくても、俺はちゃんと仕事はするし、あなたが望む以上の成果は出す。会社も継いでやる。だから、俺の結婚にまで干渉しないでもらおうか」

「親が子どもの将来を心配して何が悪い？　その娘みたいな孤児を嫁にしたところで、お前の後ろ盾になる実家はないだろう。あの口だけは達者で役立たずの親族たちに侮《あなど》られて、足元を掬《すく》われかねない。私は自分が築いてきたものをあんな奴らに奪われるなんて我慢がならん」

どん！　とテーブルを叩く父親に、鷹藤の視線はさらに冷たいものになっていく。

冷え冷えとした親子のやり取りを、環はただ黙って見守るしかなかった。

「言いたい奴には言わせておけばいい。結婚相手の家柄だけで人を評価する奴らは、その程度ってことだろう。それに、そんな奴らに足元を掬《すく》われるほど、俺は優しい性格はしていないつもりだ」

「お前は傲慢《ごうまん》な上にまだまだ若いな。そんなことであれば、いずれ思わぬところで奴らにやられるぞ。お前に苦労をさせたくないという親心を少しは理解したらどうだ？　その娘を愛人にしたいというのなら構わない。だが、結婚を許すつもりはない。お前の結婚相手は私が選ぶ」

「話にならないな。それこそ余計なお世話だ。あなたに許してほしいとは思ってない。帰るぞ、環」

淡々とした口調でそう言った鷹藤は、環の腰を抱いたまま出口に向かおうとする。

しかし、引き結ばれた唇といつになく硬い表情を浮かべる男の常とは違う様子に、環の足が動かなくなってしまう。

そんな環の腰を抱く鷹籐の腕に、力が入る。有無を言わせぬその態度に、環は何故か、逆に縋《すが》られたような気がした。

珍しく弱さを見せた男に、環は自分の指を絡《から》ませる。

握られる指に、痛いほどの力が込もった。

環は鷹藤と一緒に歩き出す。

「私がここまで大きくした会社を継げるのはお前しかない！　それなのに、何故わからない‼」

背を向けた二人に我慢ならないというように顔を真っ赤にして怒鳴る父親を、鷹藤は鼻で笑う。

「あなたの手前勝手な親心に振り回される気はありません。ただ少なくとも、今の仕事は気に入っている。あなたが俺の結婚相手についてこれ以上口を挟まなければ、俺は大人しく会社を継ぎますよ。あなたが望む以上の成果もあげてね。だからこれ以上、俺たちのことには関わらないでください」

そう言うと鷹藤は、今度こそ環を連れて個室を出た。

背後で鷹藤の父親の「陽介‼」という声が聞こえた。一瞬、環は振り返りそうになったが、鷹藤がそれを許さなかった。

無言のままエレベーターに乗り込む。他に乗客はいなかった。

二人きりになった途端、環の唇からため息が零《こぼ》れ落ちた。

ずっと続いていた緊張感から解放され、今さらながらに足が震えてくる。笑い出したいような泣き出したいような、複雑な気分だ。

思わず鷹藤に寄りかかると、男はそっと環の身体を支えてくれた。

「迎えにきてくれてありがとう」

ぽつんと礼を言うと、鷹藤がぽんぽんと環の後頭部を叩いた。

その優しい手つきに、いつもの鷹藤が戻ってきたように感じてホッとする。

深すぎる溝がある鷹藤親子に、感じるものがないわけじゃない。

でも、きっと今の環に言えるものは何もない。

だから、環は鷹藤の背中に腕を回して、ぎゅっと抱きついた。そしてその強張《こわば》っている背中を、今度は環が優しく叩く。

環のために戦ってくれた男の身体から汗の匂いがして、鷹藤が必死にここまできてくれたことに気付いた。

旋毛《つむじ》にキスが落とされる。

「悪かったな。うちの親子喧嘩に巻き込んで」

「大丈夫」

多分、鷹藤が思っている以上に、環は傷ついていない。

腹の立つことは言われたが、あの高山のお嬢様のときに爆発したせいもあってか、今回はいたって平気だったりする。

最後にぎゅっともう一度抱きついて、環は鷹藤から離れた。

エレベーターが丁度《ちょうど》一階について、ドアが開く。

「そういえば、どうしてここだってわかったの？」

エレベーターを降りながら環は訊《たず》ねた。課長が連絡したにしても、よくここがわかったなと不思議だったのだ。

「春樹に電話をもらってすぐに吉田に連絡して、居場所を聞き出した」

「ふーん」

互いの指は絡《から》め合ったたまま、一緒に外に出る。数歩歩いたところで、鷹藤が足を止めた。気付かなかった環は二歩ほど前に出てから、手を引かれて立ち止まる。

どうしたのかと鷹藤を振り返れば、「環」と呼びかけられた。

「何？」

「あとで聞きたいことがある」

「ん？」

「今回のこともそうだが、前にも親父に呼び出されたことがあるらしいな」

じろりと眺め下ろされた。

――課長！　それは報告しなくてもいいのに‼

余計なことまで報告してくれたらしい課長に、心の中で文句を言う。

焦る環の顔に何を思ったのか、くしゃりと鷹藤が前髪を乱してきた。

「黙秘権を行使する！」

「却下」

鷹藤に手を引かれ、二人でタクシーに乗り込んだ。


自宅に帰って一息つくと、環は鷹藤の追及から逃げたくて、キッチンに向かった。

「珈琲《コーヒー》淹《い》れるけど飲む？」

「あぁ、頼む」

ネクタイを緩《ゆる》めながらこちらを振り返った鷹藤の答えを受けて、環は珈琲《コーヒー》メーカーにフィルターをセットする。

粉の缶を開けると、鼻先に珈琲《コーヒー》の香ばしい匂いを感じて、家に帰ってきたんだなと実感した。

――さて、どうするかな？

珈琲《コーヒー》が落ちるのを待つ間、環は束の間思案する。

ちらりと居間に視線を向ければ、上着を脱いだ鷹藤がソファに座って環を待っている。

これは逃げられないかなと、環はため息をついた。

今さら学生時代に鷹藤の父親と会っていたことを話したところで、何も変わらないはずだ。

それに、鷹藤の登場でうやむやになってしまったが、環は今日、彼の父親に宣戦布告してきたのだ。

黙って傷つけられた以前と違い、環の気は済んでいる。

そんなことを考えながらカップに珈琲《コーヒー》を注いで、環は居間に向かう。

「陽介、珈琲《コーヒー》が入ったよ」

「サンキュー」

鷹藤が環からカップを受け取って、黙って口をつける。

環も鷹藤の横に座り、カップを両手で包む。猫舌気味の環にはまだちょっと熱く、息を吹きかけた。

束の間の沈黙が二人の間に落ちる。隣で黙り込む男の気配が重い気がして、環はどうやってこの場を誤魔化そうかと考えるが、良案は浮かばない。

そうして、環が沈黙に耐えられなくなった頃、鷹藤がようやく口を開いた。

「で、環？」

「うん？」

「今日のことを説明してくれるか？」

問われて、環は何と答えるべきか迷う。が、早々と誤魔化すことに決めた。

「教えない」

「はぁ？」

不機嫌そうに語尾を上げる男を放置して、環は珈琲《コーヒー》を飲んだ。

珍しく苛立《いらだ》っているらしい男に、環は長い息を吐き出す。

「今さら何を説明すればいいわけ？　今日見たままよ。陽介のお父さんにちょっと呼び出されて、息子に近づくなって牽制《けんせい》されただけ。以上終了!!」

「環」

鷹藤が何かを言いかけたが、環はそのＹシャツの襟を掴んで、唇を塞いだ。

薄く開いた男の唇に舌を差し入れて、優しく丹念《たんねん》に舌を絡《から》めとる。怒っているらしい男は、環の口づけに応えない。

こんなことで誤魔化されてくれるほど優しい男じゃないことは知っているが、これ以上余計な話をする気もなかった。

「たーまーき」

唇を離した瞬間に、地を這《は》うような低い声で名前を呼ばれたが、知ったことかと思う。

話しても話さなくても、きっと鷹藤は自分のせいで環が傷ついたと心配するのだろう。

最近ようやく気付いたが、この男は懐《ふところ》に入れた人間に対してはどこまでも過保護なのだ。

もしこの先、また環が鷹藤のことで傷つくことがあったら、そのときは全力で慰《なぐさ》めてほしいとは思うが、今は大丈夫だ。環の中で消化できたことまで、この男が背負うことはない。

吐息の触れる距離で、環と鷹藤は見つめ合う。

環の表情に何かを感じ取ったのか、鷹藤がこれ見よがしにため息をつく。

やがて、環の頑固さと無鉄砲さを誰よりもよく知っている男は、諦めたように環の身体を抱き寄せた。

首筋に鷹藤の顔が埋められた。首筋に髪が触れて、くすぐったい。

「本当に、うちの野良猫《のらねこ》は何するかわかんないから、目が離せないわ」

嘆息《たんそく》まじりに愚痴《ぐち》る男の襟足《えりあし》を、環はそっと撫で下ろす。

「だったら、目を離さなきゃいいじゃない」

鷹藤の背中を宥《なだ》めるように撫でて囁《ささや》けば、男の腕にぐっと力が入る。

「陽介⁉」

そのままソファに押し倒された。

「ちょ！　え？　うわ‼」

「あーもうダメだ。環、お前なんなの？」

「何がよ⁉」

驚く環に構うことなく、鷹藤がしがみついてくる。うなじに手がかかり、大きな手で顔が固定された。

何度もついばむようなキスが繰り返される。唇が吸われて、薄い皮膚が濡れていく。

唇を開けと促《うなが》されて、環は大人しく口を開けた。隙間から差し入れられた舌で、先ほど環が仕掛けたキス以上に丹念《たんねん》に、口の中を舐め回される。

息が上がって眩暈《めまい》がする。環は瞼《まぶた》を強く閉じた。

「んぅ！　んん‼」

何が何だかわからないが、知らないうちに鷹藤のスイッチを入れてしまったらしい。

乱れた吐息が二人分、絡《から》み合う。

環は鷹藤の背に回した手で、シャツを掴んだ。

「わかった。もう今日は俺の負けでいいわ。誤魔化されてやるよ」

掠《かす》れた男の囁《ささや》きに、環は濡れた唇を「どうも」と動かす。しかし息が上がりすぎて、それ以上の言葉なんて紡げない。

「その代わり今晩付き合え」

たたみかけるように誘惑されて、甘い予感に環の背筋が震える。

赤く染まった耳朶《じだ》を食《は》んだ男は、さらに体重をかけてのしかかり、環を抱きしめてくる。重なった男の身体は、環と同じだけ熱を上げていた。

この男はどうしていつもこう唐突なんだと、触れ合った肌に動揺しながら思う。

——この男のスイッチは一体どこにあるんだ。

そう思うのに、こうなった鷹藤を環は拒《こば》む気がない。

身体の奥がどうしようもなく疼《うず》いて、環は鷹藤の肩に腕を回して、言葉にできない同意を伝えた。

「ベッド行くか？」

鼻先を擦《す》り合わせた男の問いに、「先にシャワー浴びたい」と一応訴えてみる。

八割がた拒否されるんだろうなと思いつつの、あえての願いだ。

「待てない」

速攻で断られて、やっぱりかという諦めが環の頭を過《よぎ》る。

だが、「一緒に入るならいい」と妖《あや》しい笑みを浮かべた男にソファから抱き起こされて、呆気にとられた。

鷹藤の提案を拒《こば》む間もないまま、バスルームに連れて行かれる。

環がブラウスのボタンを外している目の前で、鷹藤が潔《いさぎよ》い勢いで服を脱いでいく。インナーを頭から脱ぐ男の肩甲骨《けんこうこつ》が滑《なめ》らかに動く様《さま》に、つい見惚《みと》れた。

環がブラウスのボタンを外し終わったときには、鷹藤はもうすべての衣服を脱ぎ終わっていた。

振り返った男が、環の手首を掴んで引き寄せる。

「手伝う」

「いや、いいよ！　ていうか、自分でできるから!!」

ブラウスの前をぎゅっと掴んで抵抗する環に構うことなく、勝手にスカートのホックが外された。足元にスカートが落ちる。

何で女のスカートのホックやジッパーの位置を躊躇《ためら》いもなく見つけられるんだと、この男の経験値に色々と文句を言いたくてたまらない。

「環、手退《ど》けて」

環の手を掴んだ男は、ブラウスとキャミソール、ブラジャーを剥《は》ぎ取った。

「もういい！　自分でやるから、先に入ってて!!」

ガーターベルトの留め具にまで手をかけられて、環は焦って鷹藤を浴室に押し込んだ。

ガーターストッキング、下着、ガーターベルトを外せば、浴室の扉を開放したままにしていた男に手首を掴まれて、熱い湯が降るシャワーの下に連れ込まれた。

そうして、鷹藤の手によって頭の先からつま先まで丁寧《ていねい》に洗われる。

それなりに長い付き合いだが、事後に風呂場に運ばれたことはあっても、こんな風に身体を洗われた記憶はない。恥ずかしさに泣きたくなる。

しかし男は、今さらこんなことで照れる野良猫《のらねこ》が可愛いと言い切り、浴室で縮こまる環のつま先に口づけて見せた。

ゆで上がった環に、鷹藤は何故か自身のシャツだけを纏《まと》わせた。そして、ベッドの上に運んでいく。

——やっぱり彼シャツなのか。

ここでも趣味に走る男に呆れつつも、楽しそうだからいいかと思ってしまった。

鼻先の触れそうな距離で、鷹藤に見下ろされる。その真っ黒い瞳に宿る濡れた光に、環の情欲が煽《あお》られた。

男に触れたくなって、環は鷹藤の背中に手のひらを這《は》わせる。首筋に、興奮した男の熱い吐息が触れた。くすぐったさと同時に、環の皮膚が期待にざわめく。

濡れた男の滑《なめ》らかな肌が、環が触れるたび温度を上げていくのを感じた。

「ん……っ！」

触れる肌の気持ちよさに、勝手気ままに指を這《は》わせていたら、仕返しのように鎖骨を甘噛みされた。舌が鎖骨から肩先を辿り、吸いつかれる。環の肌に、赤い花が咲く。

ボタンを外してはだけたシャツが中途半端なまま身体に絡《から》んで、鬱陶《うっとう》しい。左肩だけシャツが脱げて、左乳房が露《あら》わになっている。

「これ脱ぎたい」

シャツに指を伸ばして頼んだが、「嫌だ」と断られる。

左の乳房が下から掬《すく》い上げられて、周辺の肉ごと乳首を吸い上げられた。そして小刻みに弾《はじ》くように、舌で舐《ねぶ》られる。

反対の乳房はシャツの上から大きく形を変えるほどに揉みしだかれる。胸の頂《いただき》が、シャツを押し上げて擦《す》れた。シャツ越しにその先端部分を指の腹で執拗《しつよう》なまでに潰され、いじくられた。

舌と指を使って両方の胸の頂《いただき》が、抓《つね》られ、押し潰され、痛みと快楽の絶妙な力加減の狭間《はざま》で弄《もてあそ》ばれる。

「あぁ……!!」

悦楽《えつらく》にあおむいた環の首筋に、男の唇が触れた。

シャツの裾《すそ》から忍び込んできた手のひらが、環の太ももを這《は》う。柔らかい手つきで内腿を揉まれて、腰の奥が疼《うず》く。すると今度は膝裏のすぐ上から内腿にかけて撫で上げられ、ビクリと身体が跳ねる。

そんな風に触られると身体が反応することを、さっきの風呂場で鷹藤は発見したらしい。肌の感触を楽しむように何度もその場所を撫で上げる。そのたびに、環の下腹部に重怠《おもだる》い熱が溜まっていく。

「やぁ、そこばっかりやめて!!」

悲鳴じみた声に、鷹藤が笑う。そのひどく艶《つや》やかな笑みに、背筋が震えた。

先ほど風呂場で見つけられた弱点は、ここだけじゃない。

怯《おび》える環の額《ひたい》に、鷹藤がキスをする。

「そんな顔しなくても、環が気持ちいいことしかしないよ。俺を色々はぐらかしたいなら、今日は大人しくいじり倒されて」

そんな顔でそんな物騒なことを言われても、怯《おび》えるなというほうが無理だ。

さっき話を誤魔化したのを男が実はかなり根にもっていることに気付くが、もう遅い。

鷹藤の手で、足を開かれた。そこはシャワーの間に既にぬかるんでいて、期待に蜜を零《こぼ》している。

指が差し入れられ、秘所が押し開かれていく。その感触に、声が我慢できない。

「う……ん……ぁ」

下半身から聞こえる水音に羞恥《しゅうち》が煽《あお》られる。弱い場所をくすぐられ、突かれる。そのたび引きずり出される声は、ひどく甘ったるい。

感じすぎてどうにかなってしまいそうで、環は鷹藤の肩に額《ひたい》を押しあてる。

興奮に体温が上がっているのか、鼻先に男の体臭にまじったボディソープの匂いを感じた。

自分と同じその匂いに、環は先ほどの風呂場での出来事を思い出す。

頭上から降り注ぐ熱い湯の下で、身体の隅々までこの指が触れた。触れなかった場所は、多分どこもない。足の指の一本一本、指の間までこの男は触れてきた。環は自分が足の指の間を弄《いじ》られるとひどく敏感になることを知った。そして、あんな風に乱れる自分に困惑もした。

思い出すと、羞恥《しゅうち》で肌が薄紅に染まる。

「何を考えてる？」

不意に熱を上げた身体から何かに気付いたらしく、鷹藤に問われた。環は「何でもない」と強く否定する。

「そう？」

環の嘘を見透《みす》かすように、鷹藤が肌の上に視線を滑らせる。

男の指が、蕩《とろ》けて花開く秘所の少し上、充血した花芽に触れた。環は鷹藤の肩に回した指に力を入れてしがみつく。

そこに触れられると、頭が真っ白になるのだ。気持ちよすぎて怖くなる。

思わず身を捩《よじ》って逃げようとしたが、そんな態度の環を咎《とが》めるように、鷹籐は蜜でぬるついた指で容赦なくそこをすり潰した。

次いで円を描くように柔らかい動きで、感じやすいその場所を嬲《なぶ》る。環はもう声を出すこともできず、ただ淫《みだ》らに指の動きに合わせて腰を揺らめかすだけだ。

膨らんだ花芽を親指の腹で刺激したまま、男が秘所に潜《もぐ》り込ませていた指で中の襞《ひだ》を撫で擦《す》る。

「あぁ！　いっやぁ!!」

過度の快感に思わず漏れた拒絶を「嫌じゃないだろ」と決めつけて、環の肩に噛みついた。

痛みと快楽の狭間《はざま》で、環は息を喘《あえ》がせる。

鷹籐はそのまま指を蠢《うごめ》かせた。

閉ざされた視界の中に、白い火花が散る。胎《はら》の奥から何かがわき上がってくるような気がした。

「ん、ん、あ、はぁ」

巧《たく》みな指戯《しぎ》が、環をどんどん追い詰める。

男の指で感じる部分をねっとりと擦《す》りあげられて、環の腰が蕩《とろ》ける。

堪《こら》え切れない快楽に、環の唇からひっきりなしに喘《あえ》ぎ声が零《こぼ》れた。

シーツの海の上で、環のつま先がきゅっと丸まる。

気持ちよすぎて、濡れた襞《ひだ》が鷹籐の指をぎゅうぎゅうとしゃぶるように動いている。

環の絶頂が近いことを感じ取ったらしく、花芽をすり潰すのと同時に、ひときわ強く腹の内側を指で擦《す》った。

その瞬間、視界が真っ白に染まり、環は一気に快楽の階《きざはし》を駆け上がった。

「んーーーー!!」

言葉にできない悲鳴が口をついてでる。指が環の中から引き抜かれた。環の身体がぐったりとシーツに沈む。

「環」

名前を呼ばれて、環は絶頂の余韻にぼんやりとしたまま鷹藤を見上げた。

自分を見下ろす男の顔は逆光でよく見えないのに、その眼差《まなざ》しがひどく艶《あで》やかに煌《きら》めいているように感じられた。

唇が重ねられ、乱れた吐息ごとキスされる。酸欠に、目の前に星が飛んだ。

荒い呼吸を整える間もなく、環の身体が裏返された。腹の下に枕が差し込まれて、四つん這《ば》いの獣《けもの》の姿勢を取らされる。

うつ伏せた環を背中から抱く男が、耳朶《じだ》の後ろに強く吸いついた。首筋に執拗《しつよう》なまでに舌が這《は》わされる。

すぐにでも身体を繋《つな》げるのかと思ったが、今日の鷹藤はそうはしなかった。環の背骨の形を辿るように首から腰のラインを舌でなぞり、焦らすようにゆっくりと肌の上に赤い花を散らす。

いまだ絶頂の余韻に震えている身体はそれだけでも過敏に感じて、秘所から蜜が溢《あふ》れ出る。食い締めるものを欲して、環の秘所は切なく戦慄《わなな》いた。

鷹藤の手が前にまわり、環の乳房を掴む。男の手のひらの中で、環の胸は柔らかく形を変える。

濡れた硬い欲望が位置を確かめるように擦《す》りつけられ、環の背筋が期待に震えた。次の瞬間、重たい衝撃が環の下腹を襲う。

「くぅ……ん……」

じりじりと入ってくる質量感に、呻《うめ》くような声が零《こぼ》れた。

「……きつい？」

気遣いを含んだ声で、鷹藤が耳朶《じだ》に囁《ささや》きを落とす。だが、環は言葉を紡ぐ余裕もなく首を横に振った。

隘路《あいろ》を男の硬い肉で割り開かれるのは言葉にできないほど気持ちよく、環はシーツを握りしめる。胎《はら》の奥を叩かれただけで、環はあっさりと再びの絶頂に押し上げられた。

「あっあっ、んんーー!!」

ぐずぐずに蕩《とろ》けた肉を力強く擦《す》られるたび、環の背が撓《しな》り、シーツを握りしめる指に力がこもる。

上から覆いかぶさってきた鷹藤が、環の手に自分の手のひらを重ねて、指を絡《から》めた。

身体の中が鷹藤でいっぱいにされたような錯覚を覚える。

腰を掴んで揺さぶられ、何度も何度も中の襞《ひだ》を抉《えぐ》られた。引き出され、押し込まれる動きに、指先まで快楽に支配される。

環は甘く喘《あえ》いで、その華奢《きゃしゃ》な身体をびくびくと震わせた。

男の腰の動きがどんどん速くなっていく。パンパンと肌を打ちつけ合う音と環の甘い喘《あえ》ぎ、そして鷹藤の荒い吐息が寝室を満たす。

快楽に震える子宮の入り口を、何度も何度も男の剛直が叩く。そのたび、頭が真っ白になるほどの絶頂に押し上げられた。

気持ちよくて、よすぎて、もう何も考えられない。

環はただ本能のままに快楽を追う。

上げ続けた嬌声《きょうせい》に呼吸が乱れて、肺が軋《きし》んだ悲鳴を上げた。

酸素を求めて悶《もだ》える環の身体を、背後からのしかかった男が放さないと言わんばかりに押さえ込む。顎《あご》を掬《すく》い取られて振り向かされた。

「環……」

首がねじれた不自然な姿勢のまま、男の唇が環の呼吸を奪う。ただでさえ息苦しかったのに、もう我慢できない。

環は首を振って唇を解《ほど》いた。

酸欠に全身が痙攣《けいれん》したように震えて、男の剛直を受け入れている胎《はら》の奥が蠢《うごめ》いた。

蠕動《ぜんどう》する膣に、男が低い呻《うめ》き声を漏らす。

もっと締めつけろと言わんばかりに、胸に這《は》わされた男の指がその頂《いただき》をひねり潰した。

「あ、あ、だ……ぁ……め!!」

これ以上感じるのは無理と首を振る環のうなじに、男が歯を立てる。

突然の痛みにもがく環の身体を引き寄せて、ベッドに縫いつけるようにますます淫《みだ》らに腰の動きが速められる。

痛いほどの力で乳房を掴まれ、濡れた花芽にも指が伸ばされる。

胸と、花芽。そして蜜壺の三か所を同時に攻められて覚えた快楽は、もう言葉では言い表せない。

環は声もなく崩れ落ちる。

身体に力が入らなくて、腰だけが高く上がっている淫《みだ》らな姿勢になっていた。

ぐいッとさらに腰を持ち上げられ、突き上げられる角度が変わった。その角度は、一番弱い子宮の入り口を重点的に叩くには丁度《ちょうど》いい位置だ。わかっていて、鷹藤は何度もその角度で環を攻め立てる。

背中に男の汗がぽたぽたと落ちてきた。汗にまじって濃厚になる男の香りに、環は酩酊《めいてい》する。

容赦なく抉《えぐ》られ、突き上げられて、脳からつま先まで痺《しび》れるような快楽が走り抜ける。

何度目かの絶頂の予感に震える身体を、再びひっくり返された。また違う体位で突き上げられ、環は自分ではもう動けないままにただ揺さぶられる。

「環……可愛い……」

「っん……ん」

耳元に落とされた囁《ささや》きに、飛びかけていた意識が戻った。鷹藤に名前を呼ばれるたび、肌が熱を上げる。

かつて、この声に名前を呼ばれるのが怖かった。甘い男の掠《かす》れ声に、落ちてしまいそうで。

でも、今はこの声の持ち主に、身も心も囚《とら》われてしまいたいと思っている。

耳朶《じだ》を食《は》まれ、耳の穴に舌が差し入れられる。濡れたその感触がたまらなくて、環はのけ反《ぞ》った。

がくがくと震える身体が、一際《ひときわ》大きく戦慄《わなな》いた。

「環、いく？　いきそう？」

「う、ん……、い、く……いっちゃ……う」

絶頂の予感に、環は意識が飛びかけたまま、答えを返す。

次の瞬間、環は言葉のままに昇りつめた。

秘所がうねって鷹藤を締めつける。胎《はら》の奥で強張《こわば》っていた鷹藤もまた、環に引きずられるようにはじけた。

「……っう!」

「あ、ん、んん……あぁ!」

同時に胎《はら》の奥が熱く濡れていくのを感じた。その初めて知る感覚に、環は惑乱する。

自分でも不思議なほど嫌ではなかった。むしろ、何だかひどく満たされて幸せな気持ちだ。

心は浮遊感にも似た幸せの中を漂《ただよ》っていたが、身体のほうは絶頂の余韻にいまだ震えて、治まらない。

髪や肌を撫でられただけでも、びくびくと身体が震えていた。

身体を繋《つな》げたまま唇が重ねられ、柔らかい肉を食《は》まれる。自然に開いた口の中を、ねっとりと舐められた。

環は疲れ切って瞼《まぶた》を閉じると、快楽に濡れた涙が眦《まなじり》を伝って落ちていく。

声もなく啜《すす》り泣く環の背中を、鷹藤がゆっくりと撫で下ろした。その優しい手つきにさえ、いまだに過敏になっている肌は震えて反応してしまう。

「大丈夫か?」

問われても答えを返すことができない。

鷹藤は何も言わずに環を抱き寄せて、その額《ひたい》、こめかみにキスをして、落ち着くのを待っていた。

息が整い、ようやく鼓動が落ち着いてくる。

「子ども……」

ぽつんと呟けば、「あぁー」とばつが悪そうな顔で鷹藤が額《ひたい》を合わせてきた。

「できていたら喜んで責任を取る」

その言葉に、これは確信犯だったことに気付く。

——今日くらいは見逃してもいいか。周期的には多分、大丈夫だろう。

でも、鷹藤はそれすらも見越して行動しているような気もする。

それはそれで腹が立つので、環は鷹藤の髪に指を潜《もぐ》り込ませた。

「環？」

油断している男の後ろ髪を掴んで、思い切り後ろに引っ張る。

「いって!!　痛い！　環!!」

「次、黙ってやったら許さないからね！」

痛みに顔を顰《しか》める鷹藤を睨《にら》みつけて、環は手を放しそっぽを向く。

後頭部をさすりながら鷹藤は「ごめん……」と囁《ささや》いて、環の機嫌を取るように頭を撫でてきた。

男に見えない角度で、環はひっそりと笑う。

歯止めが利かなかったと告げる男の激情が、愛おしい。

他愛ないやり取りをして、そうして、名残の熱が冷めない二人の唇が重なる。足の絡《から》む角度が深くなった。

謝り続ける男に環が応えるまで、あと少し——

エピローグ

空港は人で混雑していた。

天井が高く、広々とした清潔なロビーを、スーツケースや手荷物をもった人々が行きかっている。別れを惜しむ人たちや、これから海外旅行に向かうのか楽し気に談笑する人たち。日常とは少し離れた解放感に浸《ひた》る人々が、ざわめいていた。

そんな中、はしゃぎまわる子どもたちを上手に避けて歩く男がいる。その後ろを、環はついていく。

「俺が日本にいない間に親父から呼び出されても、応じるなよ？　あと、あんまり飲み過ぎるな。環は飲み過ぎると隙ができるんだから。春樹がいない飲み会は禁止だ」

「はいはい……」

もう耳にタコができるくらい繰り返された言葉に、環は適当に返事をする。

視線を上げると、電光掲示板に鷹藤が乗る便の搭乗案内が表示された。

鷹藤は今日、イギリスへ戻る。環はそれを見送るために、ここ成田空港まで一緒にきていた。

鷹藤の父親との久方ぶりの面会の後――彼《か》の人からは特に何もされていない。

正直、仕事を首になることも覚悟していた。しかし今のところ、解雇になるどころか、僻地《へきち》に飛ばされる様子すらない。

鷹藤が何か手を回してくれたのかもしれないが、多くを語りたがらない男に環もあえて訊《たず》ねることはしなかった。

このあと、鷹藤がイギリスに戻ってから何かが起こるかもしれない。だがそうなったときはそうなったときだ。環はもう覚悟を決めている。

わざわざ鷹藤に伝えるつもりはないが、多分、鷹藤は環が何かを決めていることを感じているのだろう。

だからなのか、なんなのか。

イギリスへ戻ることが決まってからこっち、ずっと過保護な言葉が繰り返されている。そろそろ鬱陶《うっとう》しくなってきていて、環は電光掲示板を目で示した。

「陽介、そろそろ行かないと」

「ん？　あぁ、もうそんな時間か」

環の言葉に時計を確認した鷹藤が、ゲートに向かう。環も黙って後ろをついて歩く。

入り口の前、人の邪魔にならない位置で鷹藤が立ち止まった。

「環」

「何？」

振り返った男に、ふわりと抱きしめられた。鼻先に鷹藤の匂いがして、環もその身体を抱きしめ返す。

親愛の情を示す優しいハグに、あぁ、これから暫《しばら》くまた離れなきゃいけないんだなと環は実感した。不意に寂しさを感じる。

「行ってくる」

「うん」

「浮気するなよ？」

冗談めかして額《ひたい》にキスをする男に、環は胡乱《うろん》な眼差《まなざ》しを向けた。

笑いに紛《まぎ》らわせていても、鷹藤の目はどこまでも真剣だ。

「するわけないでしょ？」

その心配は環というよりも鷹藤のほうがよっぽどあると思う。

黙って立っていても女の視線を惹きつけずにはおかない男なのだ。

「陽介こそ浮気しないでよね？」

「俺は心配ないよ」

「本当に？」

「俺は、目を離すと何をしでかすかわからない野良猫《のらねこ》に構うので精いっぱいだからな。他の女に目を向けている余裕なんてない。春樹には環のことをよくよくお願いしてきたが、本当に心配だ」

繰り返される男の言葉に、環は本当に呆れてため息をつく。

最近知ったことなのだが、この男――別れていた三年の間、環に他の男が近寄らないように課長と環の親友らに頼んでいたらしい。

どうりでここ三年、なかなか出会いがなかったはずだ。環は遠い目で過去を振り返った。

ただ単に、自分が鷹藤を忘れられずに引きずっていただけかと思っていたが、そうではなかったのだ。それを知ったとき、どういう反応をすればいいのか正直わからなかった。

何にも執着しない男だと思っていた。だから、その男が唯一執着するものが自分だった、ということには、驚きしかない。

『水森君。君、めちゃめちゃ執着されているから覚悟したほうがいいよ』

驚く環に苦労性の課長はそう言って、遠い目をしたまま頭を撫でてきた。

ぎゅっと再び抱きしめられる。

少し人目が気になったものの、今日くらいはバカップルになっても許されるかと目を瞑《つむ》った。

「あーこのままイギリスに連れて行きたいわ」

ぼやく男の胸を押して、環は身体を離す。

「遊びに行くし、ちゃんと連絡するわよ。向こうでもきちんとご飯食べなよ？」

「はいはい」

今度は鷹藤が環の言葉に適当な返事を返してきた。

そうして、二人で目を見合わせて笑う。

別れの時間がどんどん近づいてくるが、今回は束の間の別れ――

だから、今はそれほど辛《つら》くない。

「じゃあ、行ってくる」

「気を付けて。向こう着いたら、連絡ちょうだい」

「わかった」

最後にもう一度しっかりと抱きしめられて、環は花が綻《ほころ》ぶように笑う。

「愛してる」

伝えようとしたはずの言葉を先に告げられた。

何も言えなくなった環は、無言で男の唇に答えを返す。離れていくぬくもりに束の間の寂しさを覚えるが、同時に、ちゃんと自分が愛されていることを感じていた。

「いってらっしゃい」

環は微笑んで、ゲートに向かう男の背中を見送る。

その左手の薬指には、鷹藤の独占欲を象徴するようなダイヤの指輪が光っていた。

Say you love me

うちには猫がいる。

意地っ張りで、無鉄砲で、なのにお人よし。

不意打ちのように人の懐《ふところ》に飛び込んできたくせに、飼い主の言うことだけは全く信用しない野《の》良猫《らねこ》が――


鷹藤陽介が水森環と出会ったのは、大学の四年のときだった。

鷹藤たちが仲間と遊び半分で立ち上げたイベントサークルに、環とその親友の石岡莉乃が入部してきたのがきっかけだった。

鷹藤が四年生になる頃には、サークルは学内だけでなく、学外でもいくつかのイベントを開催し、次々と成功させるまでになっていた。結構名が知られるようになっていたために、入部希望者は多数いた。

しかし、一見華やかに思えるイベントも、その裏方の仕事は過酷なものだ。その実情を知ると、大半のものが去っていった。特に女子は鷹藤や他のサークル幹部へ近づくことが目的だったものが多く、余計なトラブルを持ち込んでくるだけで、女子の入部希望者に鷹藤たちは端《はな》から期待していなかった。

イベントを盛り上げるためには、ライブやパフォーマンスをするゲストにきてもらわなければならない。その出演・ギャラの交渉はかなり大変な仕事だ。イベントスケジュールの管理にステージの設置、予想動員数に対する人員配置などなど、裏方の仕事は数え上げればきりがない。それに、どんなに綿密に計画を立てたところで、トラブルやミスは避けられない。

そんな次々と飛び込んでくるトラブルに目もまわるような忙しさの中で、環と莉乃は一年生ながらによく活躍してくれた。

鷹藤たちが二人を何よりも評価したのは、人によって態度を変えないことだった。サークル内に恋愛感情を持ち込むこともない彼女たちに、皆が安心して次々に仕事を割り当てるようになるまで時間はかからなかった。そして彼女たちは、期待以上に役割をこなしてくれた。

しかし、鷹藤が大学四年の冬になろうとする頃、環がキャンパスから姿を消した。

その頃、慌てふためく皆を尻目に早々に卒論の大半を完成させていた鷹藤は、大学にくるのはサークルの引継ぎのみで、ほぼ登校していなかった。

陰鬱《いんうつ》な曇り空のあの日——たまたま顔を出した部室で、最近姿を見かけない環について何の気なしに莉乃に訊《たず》ねたのは、何の偶然だったのだろう？

いつもはたいがいセットで動いている二人の片割れがいなかったのが、何となく不思議だったのかもしれない。

「そういえば最近、水森さんを見ないけど、どうしたの？」

鷹藤の問いに、莉乃の顔が曇った。どこか泣きそうなその表情に、鷹藤は首を傾《かし》げる。

「……環のご両親が、先月交通事故で二人とも亡くなったんです。それで今、環、大学に出てきてなくて……」

鷹藤は驚きに目を見開いた。

「そう、だったのか……。それは知らなかった。大丈夫なの、彼女？」

「今は、叔父さん夫婦が一緒にいてくれているそうです。だから多分、大丈夫だと思います。四十九日も終わったし、もう少ししたら大学にも出てくるはずです」

「そう。ありがとう」

「いえ……」

何とも言えない重たい沈黙が二人の間に横たわる。

「あ、そうだ、鷹藤先輩！」

「何？」

「これ、本間さんから預かった会計監査の書類です！　目を通しておいてもらっていいですか？」

その空気を変えるように、莉乃が戸棚から書類を引っ張り出してきた。

「あぁ、わかった。確認したら本間に渡しておけばいい？」

「はい、お願いします。私、これから講義あるのでこれで失礼しますね！」

そう言って、莉乃は部室を出て行った。

いつもは人の出入りの激しい部室が、その日に限ってその後は誰もやってこなかったのも、不思議な偶然だろうか。

一人残された鷹藤は部室で、莉乃に渡された書類の確認を始めた。

どれくらいそうしていただろう？

ドアが開く音に鷹藤が書類から顔を上げると、先ほど噂をしていた環がいた。

二人の視線が絡《から》む。

環は部室に一人でいる鷹藤の姿に、中に入るかどうか躊躇《ためら》っている様子だった。

しかし束の間迷った様子の後、意を決したように「失礼します」と言って部室に入ってきた。

その姿が何かを警戒する子猫のようで、鷹藤は内心で苦笑する。

環が鷹藤を何となく苦手にしていることは知っていた。そういう態度で鷹藤の気を引こうとする人間がいないわけではないが、環は多分、本気で鷹藤を苦手にしている。

最初は莉乃を探しにきたのかと思ったが、環の普段とは違う様子に、どうやらそうではないらしいと気付く。

環は何かを確かめるように、部室を眺めている。鷹藤は何となくその姿が気になった。

「水森さん、久しぶり。ご両親のことは聞いたよ。大変だったね」

「え？　あ、いいえ、お気遣いありがとうございます」

不意に両親のことを告げた鷹藤に、環は戸惑ったように肩を跳ねさせた。

その姿に、またも警戒心の強い子猫を連想する。

私的にほとんど関わることもなかった先輩――というか苦手にしている鷹藤が、自分のことを覚えていたことに驚いたという目で、環はこちらを見ている。そんな環を警戒させないように、鷹藤は微笑んでみせた。

だが、何故か環は鷹藤の微笑みにますます警戒した様子で、半歩後ろに下がる。

そういえば、自分を警戒する彼女が面白くてわざとちょっかいをかけていた時期があったのだった。

それを思い出し、鷹藤は笑みを深くする。

「今日はどうしたの？　何か用事あったんじゃないの？」

鷹藤の問いかけに、環は言葉を探すように俯《うつむ》いた。そうして、次に顔を上げた彼女は、静かな微笑みを浮かべていた。その何かの決意を秘めた微笑みに、鷹藤の心が惹きつけられる。

「今日……大学に休学届を出しにきたんです。暫《しばら》くは戻れそうにないから、色々と見てまわってたんですよ。ここにもこられそうになくて……」

「どうして休学なんてことになったの？　そんなに大変？」

「うーん。叔父さん夫婦に全財産をもってかれたからですね」

さらりと語っているが、言っていることはかなりとんでもない。

「一体何があったの？　よかったら話してみない？」

鷹藤の促《うなが》しに環は何かを迷うような素振りを見せたが、やがてぽつり、ぽつりと語り出した。

両親が亡くなって叔父夫婦が彼女の後見人になったものの、入ってきた保険金や遺産その他を叔父夫婦が自分たちの借金返済に使い込んだこと。

大学の費用は両親が今年度分を払ってくれていたから何とか通えるが、次年度分を払う余裕はないこと。大学は卒業したいが、現在の所持金が三十万円ほどしかないこと。

月末には家を出なければならず、結局大学に通い続けるのは難しいと判断して休学届をもってきたこと——などなど。

環が事情を語れば語るほど、鷹藤は彼女のその無鉄砲さに呆れずにはいられなかった。

「え？　それで追い出したの？　叔父さんたちを？」

「そうです。おかげさまで家なし、職なし、保証人なしのほぼ無一文です」

淡々と返してくる環に、鷹藤の我慢が限界を超えた。

笑ってはいけない状況だと思うのに、そう思えば思うほど、どうしようもなく笑いが込み上げてくる。

——ふつう、その状況で、叔父夫婦に保険金は手切れ金だと啖呵《たんか》を切って、家から叩きだすか!?

今まで鷹藤の傍《そば》にこんな無鉄砲な人間はいなかった。

思わぬ潔《いさぎよ》さを見せた環が、鷹藤にはひどく強い光を放つ面白い存在に思えた。

環の現状を聞き、悪意のある嘲笑《ちょうしょう》ではなくただ笑う鷹藤に、彼女は面食らったような顔をしている。それがまたたまらない。

「そんなに面白いですか？」

「ご……め……ん！　ま……って……お腹……い……た……ぃ」

環にしてみればなんら面白い状況ではないだろう。むしろかなり切羽詰《せっぱつ》まっていると思う。だが、彼女の突拍子もない潔《いさぎよ》さが鷹藤のつぼにはまってしまったのだから仕方ない。

一人笑い続ける鷹藤に、環がため息をついた。

涙まで流して笑う男に、どう反応していいのかわからない様子だったが、環は肩を竦《すく》めて、鷹藤が笑いやむまで待ってくれた。

ふつうなら怒りだしてもいいくらいなのに、環は鷹藤の笑いを眺めて、ふっと強張《こわば》っていた肩の力を抜いたのだ。それに気付き、鷹藤はさらなる感情を覚える。

——彼女が傍《そば》にいれば、人生退屈せずに済むかな。

それは直感にも似た思いだった。多分、このとき既に、鷹藤は自覚もないままに環に心を掴まれていたのだろう。

だからようやく笑いが止まった鷹藤は、涙を拭いて環に向き合う。

「お前、面白いね。うん。そういうの嫌いじゃない。だから、俺が面倒見てやるよ。学費も生活費も、全部心配しなくていい」

「はぁ？」

いきなりの言葉に、環は呆気にとられたような顔をした。

あの瞬間——鷹藤は勝手に決めていた。

この無鉄砲でお人よしの野良猫《のらねこ》を、自分が面倒見ることを——

『意味がわかりません!!』と叫ぶ環を半ば無理やり捕獲して、家に連れ帰った。

株でもうけて買ったマンションには使っていない部屋があったし、野良猫《のらねこ》のような彼女一人の面倒を見られるくらいには既に稼いでいたのだ。

「懐《なつ》かない野良猫《のらねこ》を拾ったようなもんだ。拾った責任は最後まで取るから気にするな」

「拾われた記憶がありません!!」

そう言って抵抗する環が面白かった。

「奨学金だと思って、出世払いで金を返してくれればいい」という提案に彼女がようやく納得したのは、一緒に暮らし始めて暫《しばら》くしてからだった。

最初は、本当に警戒心が強い子猫を拾ったくらいの軽い気持ちだったのだ。

それが執着じみた恋に育ったのは、いつだったのか。鷹藤にもわからない。

一緒に暮らし始めて最初に、環のことをそういう対象で見るきっかけになったのは、彼女と一緒だと熟睡できることに気付いたときだった。

鷹藤は幼い頃から、同じ部屋に他人の気配を感じると熟睡できない性質だった。それは、相手が両親であっても変わらなかった。他人が傍《そば》にいると、眠りがひどく浅くなる。だから、恋人ができても朝まで一緒に過ごしたことはほとんどない。

だが、何故か環の気配だけは気にならなかった。彼女が台所で料理したり、掃除したりしていても、気付けば居間のソファで転寝《うたたね》していた。

物音に気付かずに深く眠って、目覚めたら毛布を掛けられているなんてこともしばしばだった。

鷹藤が環を寝室に引っ張り込むのに、そう時間はかからなかった。

子猫のように体温の高い環の身体を抱きしめて眠る夜は、一人で眠るよりもむしろ深く眠れた。生まれた想いに明確な名前もつけず、言葉にすることもなく始まった関係に、環が揺れていたのは知っていた。

何度目かの夜——思い切ったように環が訊《たず》ねてきたことがあった。

「先輩……どうして？」

抱き寄せた腕の中、戸惑いに揺れた環の瞳に恋情があることに、鷹藤は気付く。

その頼りなげな目に、心の柔らかい部分を掴まれた気がした。

多分、はっきりとこれが恋なのだと自覚したのはあの瞬間——

でも、何故かそのとき、鷹藤はそれを素直に認められなかった。

どうしてかなんて自分でもよくわからない。

可愛い女の泣き顔を見てみたいという、子どもじみた思いだったのかもしれない。

だから思わず、「理由が必要？」と問い返していた。

環は何も言わずに鷹藤の胸に額《ひたい》を押しつけて、その顔を鷹藤から隠した。

「ふつうはいると思いますけど……」

ぽつりと落とされた呟きに、鷹藤は彼女を傷つけたことを知った。

「好きだ」

後悔にすぐに囁《ささや》いた言葉に、抱きしめた環の身体が震えた。

「嘘つきですね……本当」

何かを堪《こら》えるようにくすりと笑った環は、震える指で鷹藤の背中に縋《すが》った。

環が鷹藤の言葉を信じなくなったのは、多分このときから――

それでも環は、鷹藤が抱き寄せれば素直にその身を任せて、拒《こば》むことはなかった。

徐々に人に馴れない子猫が飼い主に懐《なつ》くように、環は鷹藤との関係に慣れていった。

そこに甘えていたのはある。だから鷹藤は、環が自分の傍《そば》を離れていくはずがないとどこかで思っていたのだ。

☆

『自立したい……』

環が大学卒業間際にそう言ってきた日のことを、鷹藤は忘れられない。

その少し前から環が何かを考え、ふさぎ込んでいたのは気付いていた。

就活や卒論のせいかとも思っていたが、環が悩んでいるのは鷹藤との今後の関係のことだと気付いたのは、イギリスについてこいと言ったときのことだ。

『ちょっと考えさせて……』

そう言った環がもってきた答えが、『自立したい』という別れの言葉だった。

環は何も言わなかったが、今思えばそんな答えを出した背景には、おそらく鷹藤の父親がいたのだろう。

環の出した答えに衝撃がなかったと言えば嘘になる。

だが、どこかで予感もしていた。

真面目な彼女が、自分の置かれた状況に納得できずに足掻《あが》いていたことを、鷹藤も心の奥底では気付いていたのだ。

完全な自業自得ではあるが、鷹藤は初めの一歩を間違えた。

あのとき鷹藤は、環に恋心を打ち明けるべきだったのだ。そのうえで、自分とともにいてほしいと素直に告げなくてはならなかった。

そのせいで環が鷹藤に対して、感じなくてもいい負い目を背負っていたのも知っていた。

鷹藤に甘えきれずにどこか不安そうな環が、いつも歯がゆかった。

だが、それももう遅い。

ならば、少し距離を置くことで環が自分に自信をつけて、鷹藤に負い目をもたなくなるのであれば、離れてみるのもありかと思ったのだ。

いつまでも鷹藤の腕の中で囲うのは簡単なことだった。でもそうすれば、鷹藤が愛した環は少しずつ失われていくだろう
だから、鷹藤は環の別れの言葉を受け入れた。

表面上は――

☆

「こちらが高山様のご長女、高山佐奈美さん」

鷹藤にとって父方の親戚筋にあたる女性の紹介にあわせて、「初めまして、高山佐奈美です」と赤い振り袖を着た美女が淑《しと》やかに頭を下げた。

艶《つや》やかな黒髪は後《おく》れ毛《げ》一つなくまとめられ、透明感のある白い肌を生かした薄化粧は上品だ。派手すぎない紅《べに》をさした姿は、今では絶滅危惧種の大和撫子《やまとなでしこ》と呼ぶに相応《ふさわ》しい。普段から着物を着なれているのか、動きの一つ一つが優雅に見えた。

「噂には聞いていましたが、高山さんのお嬢さんは本当にお美しいですな」

隣で鷹藤の父親が満足げに笑っている。

「まぁ、そんな……」

鷹藤の父親の言葉に、佐奈美が恥ずかしそうに俯《うつむ》く。

鷹藤は目の前で繰り広げられる茶番を、ただ面白く眺めていた。

これが自分の将来を決める見合いなのは理解しているが、皆のあまりのテンプレート通りの行動に、鷹藤は何だかテレビドラマでも眺めている気分に陥《おちい》っていたのだ。

目の前には人が羨《うらや》むような美女が、自分の花嫁候補として立っている。それなのに、心はちっとも動かない。

鷹藤は、退屈しのぎに佐奈美の様子を観察する。

佐奈美は仲人《なこうど》と両家の両親の前で、恥じらうように伏し目がちに大人しく座っていた。

その姿は本当に楚々《そそ》として美しく、花がある。だが、美しい花には棘《とげ》があることを鷹藤は知っていた。

この見合い話が決まってすぐに調査してもらった佐奈美の身辺は、なかなかに面白いものだった。両親に甘やかされて育った彼女は、プライドが高くわがままで、様々なトラブルをあちらこちらで引き起こしていた。

学生時代、彼女よりも人気があり美人と評判だった少女に対するいじめや、大学教授との不倫スキャンダル。ちょっと調べただけでも、面白いネタが次々に上がってきた。しかし、そういった佐奈美の問題が表面に出てきたことはない。彼女を溺愛する父親が、すべて金の力でもみ消していた。だが、佐奈美を恨む人間は相当数いるようだ。

よくもまぁこんな相手を将来の結婚相手に選んだものだ、と自分の父親をちらりと眺めるが、多分、この狸《たぬき》親父は佐奈美の素行を全部知っているのだろう。知っていて、この見合いを鷹藤に持ち込んだ。

今後、大きな取引を結べそうなたかやま食品工業ではあるが、彼女の行状を考えれば、鷹藤の妻に本気で勧めているとは思えない。

この縁談をそのまま受けて、契約を取ってもよし、たかやま食品を内側から乗っ取ってもよし。鷹藤の力量次第で好きにしろと言われているのはわかっていた。

しかし、鷹藤の父親が一番に望んでいるのは、佐奈美の弱みを掴んで、契約を有利に運べということだろう。そんな無言の圧力を、鷹藤は感じていた。

我が父親ながら、本当に食えない男だ。

この父親は、自分が作り上げた箱庭の中に、無理やり鷹藤を押し込めようとする。昔はそれが鬱《うっ》陶《とう》しくて、反発を繰り返していた。しかし今は、昔ほど腹を立てることもなくなった。自分も成長したということだろう。

今はむしろそういった圧力を上手にかわしながら、いかに自分のペースに持ち込むか、ゲームのような感覚でこの父親と対峙《たいじ》している。

自分が築き上げた帝国を守る駒の一つくらいには愛されているのだろうが、そこに親子の情を感じたことはほとんどない。

多分、鷹藤が何か大きな失敗をしようものなら、この父親は息子を容赦なく切り捨てるだろう。

自分の父親の愛はどこまでも独善的で身勝手なものだと、鷹藤は知っている。

相変わらず鷹藤の目の前では、周りの人間たちが決められた台本をなぞるように、話を進めていた。

「それではあとは若いお二人で……」

お決まりのセリフとともに、佐奈美と鷹藤の二人だけが残される。

相変わらず伏し目がちにこちらの様子を窺《うかが》う佐奈美に、鷹藤は噴き出しそうになった。

性格の悪い女は嫌いじゃない。だが、結婚相手となると話は別だ。

とはいえ、今後のたかやま食品との関係もある。とりあえず今は、将来の花嫁候補をエスコートでもしようかと、鷹藤は「天気もいいことだし、外にでも行きましょうか」と提案した。

「はい……」

鷹藤の誘いに、佐奈美が頷いて立ち上がる。

セオリー通りに、二人でホテルの庭園の散策に出た。

晴れた空の下、緑が輝く庭は美しい。こんなときでもなければ気持ちがよかっただろう。

穏やかな風に、鷹藤は目を細める。

イギリスでのプロジェクトがようやく一段落ついたところで、急遽《きゅうきょ》この縁談のために日本に呼び戻されたのだ。

日本に帰国したのは昨日の夜。いまだ残る時差ボケにあくびが出そうになって、鷹藤は奥歯を噛みしめる。視界が涙でわずかに滲《にじ》んだ。

「……あの、陽介さん」

「何でしょう？」

呼びかけられて、鷹藤は佐奈美を振り返る。

あくびを噛み殺していた様子を微塵《みじん》も見せることなく、穏やかな紳士の微笑みを浮かべれば、佐奈美が顔を赤くした。そして鷹藤に見惚《みと》れた様子で、言葉を途切れさせる。

「佐奈美さん、どうかしましたか？」

「陽介さんは猫を飼ってらしたと聞いたのですが……」

こちらを窺《うかが》うように上目遣いで見上げてくる佐奈美の言葉に、鷹藤は笑い出したくなった。

――身上調査をしていたのはお互いさま。

きっと鷹藤が大学時代に拾った野良猫《のらねこ》の環を、今も自宅マンションに住まわせていることも知っているのだろう。

人のことを言えた義理では全くないが、面識のない人間を飼っていたと表現する佐奈美の言葉に、不愉快さを感じる。

「ええ、飼っていましたよ」

だが、鷹藤はそんな考えをおくびにも出さず、穏やかに微笑んでそう答える。

鷹藤の答えに佐奈美が何もかも理解した顔で「そうですか。飼ってらしたんですね……」と頷いた。

——あぁ、やっときた。

佐奈美の微笑みに、鷹藤は不意に悟った。

この三年、ずっと自分が待ち続けてきたチャンスは、今だ。

これを逃したら、あの野良猫《のらねこ》を捕獲する機会はまた暫《しばら》く巡ってこない。

ここにはいない野良猫《のらねこ》の顔を思い出して、鷹藤は笑みを深める。

——三年待った。もうそろそろ満足しただろう、環？

見上げた空は、環を拾うと決めた日と違い、綺麗に晴れ渡っていた。

その青空の下で、鷹藤は勝手に決める。自分の野良猫《のらねこ》をこの手に取り戻すことを——

あの野良猫《のらねこ》は、飼い主の言うことは絶対に素直に聞かない。

これに関しては、完全に自業自得だと自覚している。

だから、これくらいのインパクトがないと、あの野良猫《のらねこ》を捕まえられないだろう。

鷹藤の頭の中で、環を捕獲するための案が高速で練られていく。

再び鷹藤が手を伸ばしたら、あの野良猫《のらねこ》は一体どんな顔をするのだろう？

鷹藤を目にした瞬間に、あの茶色い目が浮かべる感情の色を想像して、胸が躍《おど》る。

時差による眠気と、父親の身勝手さにうんざりしていた身体が息を吹き返し、高揚感に包まれた。

逃げ場所もないくらい追い詰めたいと思うほどに欲したのは、あの野良猫《のらねこ》だけ。

久しぶりに覚える高揚感に、鷹藤は知らず笑みを漏らす。

その微笑みに、佐奈美が息を呑んで見惚《みと》れていることには気付かない。

泣かせたいわけじゃない。弄《もてあそ》ぶように傷つけたいわけでもない。

ただ、あの野良猫《のらねこ》を抱きしめて眠る、その幸せを取り戻したいだけ――

それを人は執着と呼ぶのかもしれない。でも鷹藤にとっては、確かに恋だった。

☆

「もしもし、春樹？」

『どうした、陽介？　見合いでなんかあったか？』

見合いが終了してすぐに、ホテルのロビーから従兄《いとこ》の春樹に電話した。

コール数回で出た従兄《いとこ》は、不審そうな様子だ。

「いや、見合いは無事に終わったよ。猫を被り切れてないところが可愛かった」

『お前、本当にいい性格してるよね』

鷹藤の笑い含みの声に、春樹が嫌そうな声を上げる。

『それで？ そんな報告するためにわざわざ電話してくるような可愛げがある男じゃないよね。一体どうしたの？』

「話が早くて助かるよ、春樹」

『あー、なんか今、すごく嫌な予感がするんだけど？ 俺ね、明日から三連休で、やっと愛娘《まなむすめ》とデートなの。最近、仕事忙しすぎてね。愛美《まなみ》に「おじちゃん、誰？」って言われた悲しみ、お前にわかる？ だから、変な面倒ごとに巻き込まれるのすごく嫌なんだけど』

鷹藤の電話に何かを感じ取ったらしい春樹が、立て板に水の勢いでまくしたてる。

「別にそこまで春樹が嫌がるようなことを頼むつもりはないから、安心してくれ。明日からの三連休も、愛美ちゃんと存分にデートして構わないからさ」

『お前がそういう優しい声を出している時点で、俺は今すごく嫌な予感しかしないんだが……？』

「ただ、これから環を捕獲するのを手伝ってくれればいい」

電話の向こうが沈黙し、暫《しばら》くしてから、深い深いため息が聞こえた。

『いやーお前、それって、鷹藤のおじさん敵に回した上で、可愛い部下を守りつつお前に振り回され ろ、って言葉にしか聞こえないんだけど？ しかも、大事に育てた有能な部下をここにきて手放せってことだろう？』

「そういうことだな」

『勘弁してくれ……』

あっさりと頷いた鷹藤に、ひどく嫌そうな従兄《いとこ》の声が聞こえてきた。

「礼はするよ」

『そういうことじゃねーよ‼　愛美にまた顔を忘れられたらどう責任とってくれんだよ⁉』

「そこは春樹が頑張るしかないんじゃないか？」

にやりと笑いながらそう言えば、顔は見えないのに、春樹が電話の向こうで派手に顔を顰《しか》めたのがわかった。

『……お前って、本当にいい性格してるよな。まぁ、でも、やっと迎えにくる気になったんだ』

「まぁな。三年待った。もう十分だろ？」

『はいはい。で？　俺は何をすればいい？』

「そうだな。まずは手始めに、今日は環に残業でもさせて足止めしといてくれ。そして、高山佐奈美の過去の詳細な報告書を頼む。あとは、環と俺の噂を流してくれればいい。親父殿に届くくらい派手なやつを頼むよ」

『……お前って本当に人使い荒いよね？』

「得意だろ？　そういう裏工作」

『わかったよ。丁度《ちょうど》今日は、彼女に俺の仕事を代わってもらってるから、残業は確定だ。あとのことは、愛美とのデートが終わってからにしてくれ』

深いため息まじりの嫌そうな声で頷いた春樹に、鷹藤は笑みを深める。

「あぁ、頼む。できる限りの礼をさせてもらうよ」

『期待してるよ』

その後、二、三の連絡事項を確認して、鷹藤は春樹との通話を切った。

☆

夜の静かなオフィスの廊下に、鷹藤の足音だけが響く。

その音が自分でも心なしか弾んでいるように聞こえて、鷹藤は苦笑する。

目的地が近づき、鷹藤はスーツのポケットからスマートフォンを取り出した。

呼び出した番号は、馴染《なじ》みのないもの。だが、鷹藤は躊躇《ためら》うことなくその番号をタップする。

『はい。水森です』

数コール後、ちょっとだけ不審げな野良猫《のらねこ》の声が聞こえてきた。

その声に鷹藤は笑いながら、一歩、一歩と彼女へ近づいていく。

鷹藤からの電話に、驚愕《きょうがく》し戸惑う彼女。その後ろ姿を眺める自分の性格の悪さを、鷹藤は自覚する。

「よう。野良猫《のらねこ》」

通話を切って、慌てて振り返った環の茶色い猫目に、自分が映る。
そのことに、胸がひどく弾んだ。
――環。もう一度、俺と恋をしてくれ。

幸福でわがままな野良猫《のらねこ》

自分が世界で一番、わがままで、幸福な野良猫《のらねこ》なのだと知っている。

でも、自由気ままな野良猫《のらねこ》を気取れるのは、それを許容してくれる男がいるから――

甘やかな花の匂いが漂《ただよ》う春の夜。ようやく冬の厳しさが和《やわ》らぎ、春の兆《きざ》しを感じるようになってきている。

もうすぐ、あの愛人騒動から三か月。

この日、環は仕事を定時で切り上げ、急いで帰宅した。

そして自宅でも慌しく動きまわり――

「よし！　できた！」

環はリビングのテーブルを眺めて、満足して笑った。

テーブルには、花束と、張り切って作った料理の数々が並んでいる。料理の腕は鷹藤には敵《かな》わないものの、自分にできる精一杯で、あの男の好物を作った。冷蔵庫にはケーキも用意している。

時計を見れば、そろそろ帰ってくる時間だ。

仕事の都合で空港まで迎えに行けなかったのは残念だったが、三か月ぶりに帰国する男を待つ環の心は弾んでいた。

玄関のチャイムが鳴る。足取りも軽く玄関に向かった環だったが——

『おかえり』と言う暇もなく、玄関を開けた瞬間に身体がさらわれた。

「……ちょ」

男の香水と力強い腕に包まれて、環は驚きの声を上げる。

「環……」

耳朶《じだ》に鷹藤の囁《ささや》き声が落とされた。その蠱惑的《こわくてき》な声に、背筋がひくりと震える。

鷹藤とともに生きていくと覚悟を決めてから、仕事でイギリスに戻った鷹藤と会うのは、飛行場に見送りに行ったあの日以来だ。

背中に回された腕に力がこもる。

男の身体の硬い感触と、互いの服を通して伝わってくるぬくもりに、再会を実感した。

男の腕の中で顔を上げれば、唇が下りてきた。

「……ふ……ぁ……」

唇が重なって、性急に深いところまで舌を入れられる。貪《むさぼ》られるようなそのキスに、唇の端からあえかな吐息が零《こぼ》れた。

息苦しさに喘《あえ》いでも、その吐息ごと呼吸が奪われる。

いつまでも終わらない口づけに、環の身体は急速に高められていく。

酸欠に膝がかくりと緩《ゆる》んで、体勢が崩れた。その身体を、鷹藤に抱き上げられる。

キスがほどけて、間近に男の端整な顔が迫った。

「ん、ん……ダメ……」

「何が？」

とろりとしたキスに骨ごと蕩《とろ》かされそうで、環は鷹藤の肩に手を置いて身体を離した。

「ご…は……ん……、せっか……く作った……の……に」

もう息が上がりきっていて、まともに言葉を紡ぐこともできない。

「あとで食う」

「……ちょ……ちょっと……待って……」

「もう三か月待った」

端的な答えが返される。

身内と認めた人間に対する横暴さは変わっていないらしい男は、環の言葉を聞く余裕もないのか、玄関で靴を蹴り脱いだ。

そのまま環を抱え、寝室に連れ込む。

ベッドの上に身体を投げ出されて、エプロンの裾《すそ》から忍び込んだ指に服をまさぐられた。

触れる男の指先に、身体が急速に熱を上げていく。

首筋に男の吐息が触れて、チリリとした痛みに襲われる。

襟ぐりの広い服を着れば見える位置に痕《あと》がつけられたことに気付き抗議の声を上げようとしたが、

唇を塞がれた。思わせぶりにぐいぐいと腰を押しつけられ、羞恥《しゅうち》に環の視界が真っ赤に染まる。

――眩暈《めまい》がする!!

帰ってきてからの展開が早すぎて、心がついていかない。

とはいえ、早急に求められて戸惑うものの、嫌じゃない。

三か月ぶりの再会に、求めているのは環も一緒だ。

久しぶりの感触に、思わず鷹藤の頭をかき抱けば、自然と唇が深く重なった。

鷹藤の舌が環の口内を好き勝手に動きまわる。顔を固定され出し入れされる舌先は、まるでセックスそのものの動きで、環を翻弄《ほんろう》する。

舌のつけ根や上顎《あご》、歯茎の内側を舐めつくされ、舌を強く吸われた。口の端に呑み込み切れなかった唾液が伝って落ちる。

環はされるがままに鷹藤に身体を預けて、自分を明け渡す。

ひとしきり口の中を蹂躙《じゅうりん》され、ぐったりと脱力した環が息を整えていると、耳元に鷹藤の囁《ささや》きが落ちてきた。

「会いたかった」

ストレートに告げられた言葉に、環の頬が急速に熱くなる。

「私も……」

「私も、何?」

環の答えなんてわかっているだろうに、鷹藤が意地悪気に問い返してくる。

こんなたった一言を言うのがひどく照れくさいのは、何故だろう？

「環？」

答えを催促《さいそく》する男に、環は思わずなじるような眼差《まなざ》しを向けた。だが、涙で潤《うる》んだ瞳でそんなことをしたところで、この男には痛くもかゆくもないだろう。

実際、鷹藤は環の答えを待って、その目を煌《きら》めかせている。男の無言の圧力に負けて、環は口を開いた。

「……会いたかった」

告げた瞬間に、環は瞼《まぶた》を強く閉じる。

長く震える吐息を落とせば、鷹藤の指が環の顎《あご》にかかった。そして、よくできましたというように、鷹藤の唇が環の唇に重なる。

「あぁ……ぁ……ぁ」

キスだけで立ち上がっていた胸の頂《いただき》を指先で捻《ひね》りつぶされ、環はあられもない声を上げる。

痛みを与えたことを詫《わ》びるように服を捲《まく》り上げた男は、今度は固く立ち上がったそれを優しく食《は》んだ。

ぞくぞくとした悦楽《えつらく》が背筋を駆け下りて、環は目の前の男にしがみつく。

腰を抱かれて膝を開き、鷹藤の身体を挟み込んだ。

中途半端に脱がされた服が身体に纏《まと》わりついて、環の動きを制限する。そのもどかしさに、環は声を上げげた。

「あ、服、服、脱ぎたい！」

「わかってる」

頷いた男は、環の服を器用に脱がせた。

そうして、自分もベッドの上に膝立ちになると、シャツを脱ぎ捨てる。露《あら》わになっていく鍛えられた身体に、環は見惚《みと》れた。だけどそんな自分が恥ずかしくて、視線をわずかに下げる。

ベルトを外す音がして、鷹藤が身に着けていた服をすべて脱いだのがわかった。

同時に長く器用な指が、環の身体の奥を暴《あば》く。下着の裾《すそ》から忍び込んできた指が足の付け根に滑り込み、秘所に触れた。

何度も何度も入り口をなぞられ、環の身体の奥から蜜が溢《あふ》れだす。

たいした愛撫《あいぶ》もされていないのに、とろりと潤《うる》んでいく身体に、環は熱の孕《はら》んだ息を吐き出す。

秘所が男の指に反応してひくりと蠢《うごめ》き、差し入れられていた男の指を食い締める。

その場所を押し開く指の動きに合わせて、環の腰も揺らめいた。

ベッドサイドの引き出しから取り出した避妊具を身に着けた男のそれが、擦《す》りつけられる。

「うん……うう、ん……！」

身体を押し開かれる予感に、環は何度も短く呼吸を繰り返す。

「環」

欲望を堪《こら》える男の切ない声に名前を呼ばれて、環は閉じていた瞼《まぶた》を開く。

額《ひたい》がこつりと合わさった。焦点も合わないほどすぐ間近に、男の黒い目が迫る。

二人の視線が絡《から》んで、環の熱が抑えきれないほどに上がった。

次の瞬間、指で蕩《とろ》かされたその場所に、鷹藤の先端が入り込む。

狭く濡れたその場所が男を受け入れて、歓喜にうねる。

「あぁ……ぁ！　いや!!」

唇から思わず漏れた拒絶の言葉は、急速に高められた身体の反応に対するものだった。身体は言葉とは裏腹に、男の腰に絡《から》みつく。

そうして、ねっとりと甘く鷹藤を受け入れた秘所は、もっとほしいと言わんばかりに何度も収縮を繰り返している。

「……痛い？」

囁《ささや》くような男の問いかけに、環は無言で首を振る。汗で湿った髪が、シーツの上にぱさぱさと乾いた音を立てた。

「あん……、も……ダ……メ……う……ご……い……て」

繋《つな》がったまま身体を上から押さえつけられ、身じろぐこともできない。

身体の熱を発散する方法がわからずに、環は焦れた声を上げて鷹藤の身体に縋《すが》りついた。

環の秘所は柔軟に蕩《とろ》けて、絡《から》みつくような動きで鷹藤を締めつける。それでも動いてくれない男の肩に、環は爪を立てた。

「そんなに締めつけるなよ。動けないだろ？」

そう言って片頰で微笑んだ男は、目を眇《すが》めて環を見下ろしていた。その獣《けもの》じみた眼差《まなざ》しに、環は息を呑む。両足を抱え込み、鷹藤が動き出す。

「あ……はぁ……い……ぃ……」

与えられた快楽に、環の身体が甘く蕩《とろ》けて収縮する。

繋《つな》がって、互いの腰を揺らめかせて、ただ気持ちよさをわけ合う。

あまりの快楽に、頭がどうにかなりそうだと思いながら、それでも身体を離すことはできない。

互いに長くはもたなかった。求めあう気持ちが強すぎて、あっさりと頂点が訪れる。

「ぁ……ダ……メ……いぃ……」

「俺も……」

環の身体がうねって、男の身体が強張《こわば》る。

強くかき抱かれて、首筋に鷹籐の荒い吐息が触れた。

薄い被膜越しに吐き出される熱を感じた瞬間、環も絶頂を迎えた。

脱力と空白の時間。二人分の荒い呼吸が寝室を満たす。

息を弾ませいまだに昂《たかぶ》る肌を、鷹籐の手が優しくなだめるように触れる。

情欲の伴わないその手の感触がひどく心地よくて、環は瞼《まぶた》を閉じた。

旋毛《つむじ》に男の唇が落ちる。

「環……」

まるで愛おしい宝物のように、環の名前を鷹藤が呼ぶ。その声が心の柔らかい部分をくすぐって、
環は、口元を緩《ゆる》ませた。

「……陽介」

「何だ？」

「……誕生日、おめでとう」

本当は再会して一番に告げたかった言葉を、環は今やっと言った。

その瞬間、環を抱く男の腕に力がこもる。

「なぁ、環」

「何？」

「お前、さっさとこっちこい」

「それはまだダメ」

答えた言葉に男が盛大なため息をつく。

離れていた三か月という時間に焦れていたのは同じだ。

でも、まだ鷹藤の傍《そば》にはいけない。中途半端なままではいたくない。

そんな想いをきちんと汲み取っている男は、ため息一つで環の好きにさせてくれている。

たまに思い出したようにこうして言葉でも態度でも、傍《そば》にこいと訴えてはくるけれど、ちゃんと環が納得するまで待ってくれていた。

だからこそ余計に、環はもう少しだけ日本で頑張りたいのだ。別に意地を張っている訳じゃない。

この腕の中で囲われて甘えることは簡単だ。

だけど、環はこの我が道を歩く男を支えられる力を身につけたいと望んでいる。

環は自分を抱く男の肩先にキスを一つ送って、微笑んだ。

「愛してる。だからもう少しだけ待ってて？」

「そんな言葉一つで俺を待たせるのは環くらいだよ」

仕方なさそうに笑う男を、環は抱きしめる。

じゃれ合う二人の体温が徐々に落ち着いていく。久しぶりに一人じゃないと実感した。すぐ傍《そば》に、鷹藤の鼓動を感じる。

鷹藤が環の手を取って、指を絡《から》めて繋《つな》ぐ。するとその指先にじゃれるように、鷹藤がキスをした。

「……なんかいい匂いするな。腹減った」

今頃そんなことを言うか……

せっかく作った料理は、もうすっかり冷めているだろう。

「……ご飯、できてるよ」

「汗かいたから、シャワー浴びて夕飯にするか」

そう言いながらも、鷹藤は触れるだけのキスを繰り返す。環はなんだかおかしくなって、笑い出してしまった。

「ご飯にしないの？」

「する」

しかし、返事はしても男はなかなか動こうとはしない。環もまた久しぶりに触れた男の肌から、離れられない。

こうしてこの飼い主と一緒に過ごすことができる日々がくるなんて、想像もできなかった。

今でもときどき、夢じゃないかと疑いたくなる。

でも、こうして一緒にいるのは紛《まぎ》れもない現実だ。環は幸せに笑いが止まらなくなる。

二人でシャワーを浴びて、夕飯を食べて、一緒に眠る。

そんな他愛のないことが幸せなのだと実感する。

この先も、きっと色々なことが二人の間に起こるだろう。

人を振り回すこの飼い主に環は何度も怒って、喧嘩するだろう。でも、同じだけ仲直りして、笑い合う。そうして、二人で時間を重ねていく。

二人で思い描く未来はどこまでも幸福な色をしている気がした。


自分は世界で一番、わがままで、幸福な野良猫《のらねこ》だ。

でも、自由気ままな野良猫《のらねこ》を気取れるのは、それを許容してくれる男がいるから。

野良猫《のらねこ》が愛おしい飼い主の腕の中に飛び込むために、日本をたつまであと少し――

セレブな親戚に囲まれているものの、本人は極めて庶民のまなみ。そんな彼女は、昔からの約束で、一族の誰かが大会社の子息に嫁がなくてはいけないことを知る。とはいえ、自分は候補の最下位…と安心してたのに就職先の会社には例の許婚がいて、あろうことか彼の部下になっちゃった！　おまけになぜか、ことあるごとに構われてしまい大接近!?

B6判　各定価：640円＋税

歯科医である年上の幼なじみ・元樹から、日々甘やかされている瑠璃子。「このままではダメ人間になる！」と彼からの自立を決意するも、元樹にことごとく阻止されてしまう。その上、「今まで俺の時間を奪ってきた責任を取れ」と押し倒されてしまい――!?

B6判　定価：640円＋税　ISBN 978-4-434-22793-6

桜 朱理（さくらしゅり）
極度の活字中毒が高じて、2011 年より恋愛小説の投稿を開始。
外出時の必須アイテムは文庫本。推理小説と珈琲があれば幸せ。

イラスト：黒田うらら

野良猫《のらねこ》は愛《あい》に溺《おぼ》れる

桜 朱理（さくらしゅり）

2017年 4月 30日初版発行

編集－城間順子・羽藤瞳
編集長－塙綾子
発行者－梶本雄介
発行所－株式会社アルファポリス
〒150-6005 東京都渋谷区恵比寿4-20-3 恵比寿ｶﾞｰﾃﾞﾝﾌﾟﾚｲｽﾀﾜｰ5F
TEL 03-6277-1601（営業） 03-6277-1602（編集）
URL http://www.alphapolis.co.jp/
発売元－株式会社星雲社
〒112-0005東京都文京区水道1-3-30
TEL 03-3868-3275
装丁イラスト－黒田うらら
装丁デザイン－ansyyqdesign
印刷－図書印刷株式会社

価格はカバーに表示されてあります。
落丁乱丁の場合はアルファポリスまでご連絡ください。
送料は小社負担でお取り替えします。

ISBN978-4-434-23222-0 C0093